だいわ文庫

おひとりさま、もうすぐ60歳。

岸本葉子

JN160189

大和書房

はじめに
もうすぐ60歳になるって、どんなふう？

通販の化粧品などの広告に、愛用者なる女性が登場すると、「この人、ほんとうに58歳？」と思わず二度見してしまうことがよくあります。

肌はふっくら。40代といっても十分通りそう。化粧次第で、あるいは写真の撮り方次第では私もこうなれるのか。

いいえ、仮になれたとしても、よろこべません。50代後半になってみてはっきり違う。なってみてつくづく感じます。

疲れる。

これがもう、いちばんに挙げられます。ジムのレッスンに出て「あら、私、まだまだ動けるじゃない」と思っても、そのときはいいけれど、帰宅後にがっくりくる。タテのものをヨコにするのもおっくうなほど。だるい。

かつては「明日でいいことも今日やってしまいたい」タイプだったのですが、やる気が出るまですごく時間がかかる。ホルモンの変化が心のエネルギーにも影響するのでしょうか。

たるむ。

基礎代謝が落ちるのでしょう。昔と同じ食べ方をしていてはダメになりました。ボディラインにすぐ響きます。化粧やヘアスタイルで「見た目年齢」は若作りできても、体はごまかしようがありません。

これから先、自分のこの体でまだまだ行くわけです。最期まで介護をまったく受けないのは無理であっても、なるべく長く自立して暮らしたい。病気もまったくしないのは難しくても、早期発見でなんとか治し、健康寿命を延ばしたい。

もしも本当に人生１００年なら、あと40年もあるわけで、幸いにも恵まれたその時間を「疲れた」「だるい」「たるんだ」とばかり呟き過ごしては、もったいないです。

老後という時間が与えられるのは、ある意味、幸運なこと。広く見渡せば、老後なくして終わる命もたくさんある。グチっていては申し訳ない。そんな思いを抱くようになりました。

近づく60代。50代後半のリアルから目をそむけず、不調のときの対処法、日々の暮らし方、老いへの備え、心の持ちようなどいろいろな面から整えて、体とのつき合い方をリセットし、この先のステージへ進みたい。そのためにしていることをお伝えします。

そしてこの本では、各章の最後にはホッと一息つくためのコラム、私流「大人のおやつタイム」の頁を設けました。心が元気になります。

おひとりさまで、もうすぐ60歳。

めざすは、今このときを気持ちよく。

自分らしく、のびやかに過ごしましょう。

おひとりさま、もうすぐ60歳。――目次

第2章

50代前半と50代後半とはやっぱり違う

「老い」にはまだ早いけれど……

第3章 体調の整え方を見直す
年齢とともに変わる身体のコンディション

第4章　今日食べるものが明日の「私」を作る
腸活を意識しながらおいしく！

第5章 60歳が近づくと病院に行くことが少しずつ増えます
不調とのつき合い方

第6章 体を動かせば気分もスッキリ
エイジングと上手に向き合う

第7章 明るい気持ちで軽やかに過ごすために
老後の備えは完ペキを目指さない

第1章

「好き」と「心地よさ」にこだわる

幸せ感と
適度な機能性を
大切に

好きなものを身の回りに置くと心がやすらぐ

まだ30代のとき、参加した「女性のためのマンション購入セミナー」を主催する女性が言っていた言葉があります。

「好きなものを身の回りに置くと、特に女性は心が安定する」

それがずっと心に残っていました。

けれどもその頃の私は、ものよりも心が上位にあると考えていたので、ものに心が左右されるとは思いたくありませんでした。

そう書いて、若さゆえの意地の張り方が恥ずかしいです。女性の言っていたことが、60歳目前の今はよくわかります。

日常で触れるものが「好きなもの」であることは、気持ちが落ち着くというか静まるというか、やすらぐ感じです。

住まいの状況、体の状況、むろん使えるお金も含めて、身の回りに置くものを選べる期間が、人生でそう長いわけではありません。幸いにも今選べる状況にあるなら、ぜひそうして暮らしたい！

50代半ばで、20年住んでいる家がどうにも寒くて、老後に備えてリフォームしているとき、費用がだんだんかさんできたので、どこかを節約しなければと、頭がいっぱいになっていました。

そのタイミングで選んでいたのが、カーテンをまとめるタッセルを掛けるフック。私がひかれたのはアンティーク調に仕上げた装飾性のある金具で、価格はそれぶん高め。よく売っているプラスチックのフックにしたら、少しは費用を削れます。

プラスチックに傾きかけて、考え直しました。高めといっても数百円の差。タッセル掛けのフックなんて、一度取りつけたら少なくとも10年は使い続けるでしょう。

カーテンの開け閉めのたび、一日に少なくとも二回は触れる。それが三六五日×10年。今、数百円の差であれば、触れることがうれしいほうにしたい。今では毎日、アンティーク仕上げの金具にしておいてよかった！　と思っています。満足感というのは、意外と、小さいけれどもしょっちゅう目に入る、あるいは手に触れるところに宿る気がします。

リフォームでは、費用やもともとの建物の構造などいろいろな制約があるので、あきらめたことはたくさんあります。キッチンの壁の全部をタイルにできたらすてきだけど、一部にしました。漆喰の壁や天井って憧れだけど、とてもとても手が届く値段ではなく、ビニールクロスを貼りました。

希望の全部が全部かなえられるわけではないけれど、だからこそ小さなところ、日常的なところで「好き」を実現するのは、工夫のしがいがあります。目に入るのがうれしいのは、生活の質を上げます。

たとえば歯ブラシ。歯ブラシは洗面所にずっと立ててあるので、常に見えている状態です。私の家の洗面所は白と薄いブルーが基調なので、歯ブラシもその色にしたい。

歯ブラシは前から「これ」と決めている、機能面では好きなものがあったのですが、それには白も薄いブルーもなく、なぜか強い色ばかり。いくら磨き心地がよくても、それらの色の歯ブラシを洗面所に立てておく気にはどうもなれなくて、あきらめ、白という条件の中で別の歯ブラシを探すことにしました。

いろいろな白を試して、磨き心地がまあまあなものに出合うまで、一年数ケ月。他人から見ればどうでもいいようであっても、私にとっては思い入れがあります。

「こだわり」の歯ブラシ。磨き心地でいえば、前のほうがやっぱりよかったけれど、色を優先し、機能の面は少し譲りました。

いつも元気とは限らない。断捨離のしすぎに注意

ものを減らしてスッキリ暮らすのが理想ですが、減らしすぎて困ることもあります。たとえば日用品や肌着。

ミニマムな暮らしをしている人の取材記事を雑誌などで読むと、タオルは五枚まで、お皿は三枚までなどと、数量をかなり絞っています。ティッシュペーパーの在庫は持たない、コンビニやスーパーがすぐそばだからと。

けれども、それが成立するには、自分がいつもベストな状態でないといけません。ベストとは、いつでも洗えるとか、なくなりかけたらすぐに買いにいけるくらいの元気さがあること。

でも、そうでないときもあるわけです。

風邪を引いて寝込むと、洗濯はできないのに、寝汗をかいて肌着はしょっちゅう替えないといけない。鼻風邪を引くと、ティッシュペーパーひと箱があっという間に空になってしまう。常に元気で動けるわけではないことも、頭に入れておかないと。

同世代の知人が親の家に行ったら、一生かけても使いきれないほどのトイレットペーパーが置いてあったそうです。いつ買いに行けなくなるかわからないという不安があったのだろうと言っていて、ちょっと胸にこたえました。

そこまでストックする必要は、私はまだ感じていないけれど、コンビニやスーパーをわが家のストックヤードにする、という考え方はできなくなっています。体調の悪いときも数度経験しているからでしょう。

テレビでお年寄りの家が映ることがありますが、たいがい「カオス」になっています。こたつテーブルの上に腰痛の貼り薬から胃腸薬や目薬、テレビのリモコン、携帯、孫の手、耳かきなどがしっちゃかめっちゃかに置いてある。

「カオス」になるわけはわかる気がします。先ほど述べた、必要なときに買いにいけない、洗えないかもという不安から、よく使うものを全部、手の届くところに集めたくなるのでは。

ただ安全面からするとどうか？

ちょっとした火の不始末でも燃え移りやすそうだし、「カオス」のこたつテーブルの脇には、たいてい保温ポットがすぐそばまで引き寄せてあるなど、床でのつまずきも心配です。

ものを減らすことに関しては、最近私はパジャマを一組、減らすのと逆に増やしました。

長袖は厚手のと中厚のと一組ずつしか持っておらず、冬は厚手のを朝洗って乾かして夜また同じのを着ていましたが、風邪を引いたときにそれができず、代わりに中厚のを着たら寒い。やはりスペアを持っていたほうがいいなと、同じ厚手のパジャマを買い足したのです。

ふだんの私なら一つ買ったら一つ処分しますが、パジャマはそのルールの適用外に。

断捨離のしすぎは、気持ちへの影響以前に、実生活で困ることがあるなと思いました。自分がいつもベストな状態でいられることを前提としたシステムは、リスキーです。

服一般については少なくしていくつもりですが、パジャマや肌着といった、持っていても特にうれしくないもののほうは、多めに持つようにするつもりです。

部屋がスッキリ。ものの仮置きかごを活用

部屋をスッキリさせるため、二種類の仮置きのかごを家の中のあちこちで活用しています。

一つは籐で編まれた通気性のいいもの。

寝室では、脱いだパジャマをかごに入れて、椅子の下に置いています。パジャマは、以前は汗を飛ばしたほうがいいかなと思ってハンガーにかけていましたが、すぐにまた着るし、さっと畳んでかごに入れてもいいかなと。

バッグの中にいつも入れるバッグインバッグも、同じかごに入れています。パジャマをしまう昼間は、バッグインバッグは出して持ち歩いているので、二つがいっしょに入っている時間はそう長くありません。毎日使うものを入れておくかごという位置づけです。

部屋になじませる工夫はかごをおおう布。実はピローケースです。ピローケースはたいがい二枚組のお揃いなので、寝室内に統一感が出ます。

基本的には、床にものを置きません。見た目に散らかるだけでなく、つまずきのもと。50代でも転倒↓骨折という悲劇につながりかねません。60代になったらなおのことです。

なので、何か置きたい場合はかごに入れて椅子の下へ。椅子の下はつまずくおそれがありません。

細かい工夫をいえば、かごの下にフェルトのシートを貼っています。

椅子や机の脚の下に床の傷や音の防止のために貼るもので、椅子の下からかごを出し入れするのに、持ち上げずに滑らせることができます。かがんで動かすのが面倒なときは、行儀は悪いけど足で押し込むこともできるのでおすすめです。

もう一つの仮置きかごは布製。これは家中のあちこちで使っています。

無印良品の「ポリエステル綿麻混・ソフトボックス」です。

外側は白に近い生成《きなり》の布、内側がコーティングされています。いろいろなサイズがありますが、私がよく使うのは、B4ほどの大きさで深めのものと浅めのものの二種類です。

深めのものは、来客のときに活用。人のお宅を訪問し、鞄とか脱いだコートとかの置き場に迷うことがあります。そういうとき、カフェの荷物かごのようにまとめて入れられるものがあると重宝かなと。

来客のないときも、リビングに一つ出してあります。帰宅して、とりあえずバッグや手荷物をおろしたいときに便利。

浅いほうは、ある目的のために使いたいもの1セットを、一時的に。たとえばリビングのテーブルで手紙を書かなければいけないときは、便箋、封筒、文具類、郵便切手などをその中へ。

ひとまとめにしておくと、いざ書いてから「この封筒、ノリがいるんだ」とか「切手はあったか」など、そのつど取りに行くことをしなくてすみます。

こまごましたものを手で持つと落としやすくもあるので、かごに入れてしまったほうが安心。

仮にその日のうちに終わらなくても、1セットにしたまま持ち越せるので、翌日すぐにとりかかれる。使ったものはその日のうちに全部元の場所へ戻せれば理想的ですが、途中になってしまうことはどうしてもあります。

翌日、また全部を元の場所から集めてくることからはじめるのは、結構エネルギーが要ります。1セットになっていると、続きの再開がスムーズ。

ソフトボックスのいいところは、その名のとおり柔軟性。プラスチックのかごのように硬くなく、ものを押し込んでも側面の布がちょっとふくらむなど、入れるものに合わせてある程度、変形してくれます。

使わないときは、コンパクトにたたんで重ねておけるので、何かと融通が利くのです。

収納はビッチリ詰め込まず、空きのスペースを残す

クローゼットなどの収納スペースに、ぎゅうぎゅうにものを詰め込まないよう気をつけています。スペースに余裕のあることは、スッキリ収納をキープするためにも大事。

たとえば正月など、ゴミの収集が休みのあいだ、プラスチックごみを一時的に置いておける。資源ゴミの日までに、段ボール箱をたたんで置いておける。そうした仮置きのできる場所が、収納内にあると助かります。

私の住まいは数年前リフォームするまで、仮置きできる場所はありませんでした。リフォーム雑誌の間取り例に「サービスルーム」とあるのを見ては、「こういう一部屋があれば、仮置きできるな」と思いましたが、狭いために断念。

代わりにクローゼットに、すみからすみまでものを入れないで、余裕を持たせておくことにしました。

収納内を「しまう場所」と「仮置き場所」と、二つに使い分ける方法です。

仮置き場所とはいえ生活空間の一部です。清潔さは保たなければなりません。プラスチックのゴミとは食品のトレーなどですが、食器といっしょにキッチン用洗剤できれいにし、乾かしてからしまいます。

臭いはまったくせず、クローゼットの中に入れておいても全然気になりません。

ペットボトルは空になったら、中を水ですすぎ、ラベルを切り取りフタとともにプラごみへ。ペットボトル本体はその場でつぶして、キッチン内の仮置きかごへ。

クローゼット内の仮置き場へ、そのつど持っていくのではなく、その前の仮置きかごがキッチンにあるのです。寝室の仮置きかご同様、つまずかないよう、踏み台兼椅子の下に入れています。

キッチンには料理用バサミの他にラベルを切り取る用のハサミも常備。料理に使っているから、別のハサミを違う部屋から持ってきてとなると、そこでもう滞《とどこお》ってしまいます。一連の流れをスムーズにできるようにするのが、処理をラクにするコツです。

生ゴミも収集の日までどこかに保管しないといけません。それはクローゼットでなく、実は冷凍庫の中。

私は冷凍食品を買いおく習慣がないので、冷凍庫にはご飯や干物のストックくらい。空きスペースを生ゴミ置き場にしています。

冷凍庫の一角にレジ袋を、口を開けた状態でセットしておき、食べた魚の骨などをお皿から直接その中へ。

ゴミとはいえ、その瞬間まで食べ物の一部だったものなので、冷凍庫に入れるのはまったく抵抗がありません。納豆の紙の容器なども、生ゴミと同じ扱いで洗ってからいっしょに入れます。

生ゴミの収集は週に二回。その日の朝、生ゴミをストックしておいた袋を冷凍庫から出し、収集用の袋に入れてそのままゴミを出す場所へ。生ゴミの臭いは真夏でもまったくしません。

「常温」で保存していた頃は、水をよく切り新聞紙にくるんだ上にポリ袋の口を固く結んで、消臭剤を使っても、臭いを防げませんでした。

今の方法にしてから、とても気持ちがいいです。

書類などの紙類は、一つの目的に一つのファイル

私が自分なりの決めごとにしているのは、テーブルの上にものを置かないこと。それだけは頑張って続けています。

テーブルの上は気を抜くと、とりあえずの置き場になりがちです。捨てる前にちょっと目を通したいダイレクトメール、そのうち見るつもりの通販のカタログ……。たまって重なり、下のほうのチラシなんて、いつのだったか、なぜとってあったのかもわからなくなっていたりする。

テーブルの上にものを置かないと決めると、とてもスッキリします。

くたびれて、その原則を破りたくなるときもありますが、仮置きのソフトボックスは、そういうときも役立ちます。

バラバラに重ねて椅子の座面にのせただけでは落ちやすいし、散らかった印象

にもなるが、かごにひとまとめにするとスッキリ。生成色の布はインテリアのじゃまになりません。

そして仮置きはあくまで仮置きです。仮置きの状態が続くようなら「本置き」の場所を設けます。

テーブルの上についのせてしまう郵便物やチラシですが、それらを入れる場所を私は書斎（仕事部屋）に作りました。白い木製のボックススツールです。

古紙の収集日までのあいだにためておくという意味では、これも仮置きといえばいえるのですが、リビングの床や椅子の上のかごを仮置きとすれば、こちらは収めるべきところ。

私は玄関から入った流れで、とりあえず書斎のそのボックススツールの前まで郵便物を持っていってしまいます。開封し、不要なものはそのままボックスへ。必要なものは手紙を抜き取り、封筒はボックスへ、中の手紙は引き出しへ。引き出しには、期日のある用事に関する書類を収めています。

用事一件につき、クリアファイル一つを設けて、その用事に関する書類は全部そこへ。

泊まりがけで出かける用事なら、用事の概要の書かれた書類の他、宿の予約の控えから列車の切符まで。とにかく二つ以上に分けないことです。

「その用事に関しては、このファイル一つを持って出れば、忘れ物がない」という状態にまとめておきます。

そしてファイルの外から見える位置に、赤ペンで期日もしくは、用事を行う日を記す。その日が早く来る順に引き出し内に重ねておく。

用事の内容で分類しません。日付で一本化するのです。

用事をすませたらファイルはなくすので、引き出し内では、直近に迫った用事が常にいちばん上にきていることになり、しかも日付が赤で書いてあるので、引き出しを開ければ必ず目に入ります。

そうした仕掛けを作ったうえで、一日に少なくとも一回は必ず引き出しを開けることを習慣にすると、忘れることがありません。

先ほどの仮置きかごでもファイルでも、一つの目的に一つ、一つの用事に一つとするのがいいように思います。

書きかけの手紙を入れたかごに、読みさしの本をいっしょくたに放り込むと、「あれ、なんだったかな。手紙に本から言葉を引用して書くつもりだったっけ？」と混乱します。

かごの数が増えてしまっても、先ほど紹介した布製のソフトボックスはその点でも便利。つぶして重ねられ、かさばりません。

やりかけのものでも、次の用事に関するものでも、知らないうちにどこかに入り込んでしまうのがいちばん厄介。

「何かを探している時間」が減るのは、ストレスを軽くします。

家でごはんを作る代わりに後片づけは食洗機で時短

食洗機を20年近く前から使っています。はじめは家電量販店で売っている置き型のものを。リフォーム後は、システムキッチンに組み込まれています。

きっかけは、食事を買ってくるものですませず、なるべく自分で作るようにしたいと思ったこと。

でも、家事にかけられる時間とエネルギーは限りがあるので、どこかで省エネ省タイムをしなければならない。食事作りに時間をかけるのならば、食器洗いで時短をしよう。

「ひとり暮らしなのに、機械に食器を洗わせるなんて怠慢？　贅沢かも……」とも迷いましたが、思い切って導入しました。

使いはじめると本当にラク。

前は洗うことを考えて、使う食器を少なくしようみたいな意識がどこかで働いていましたが、それがなくなりました。梅干しと漬け物をお気に入りの別々の小皿にのせて彩りを出そうなど、器使いも楽しめるようになりました。

今の食洗機は、そのシステムキッチンに取りつけられる中でいちばん大きいものです。ショールームで選ぶ際、メーカーの人からは、ひとり暮らしだとそこまでは不要かもと言われましたが、食洗機に関しては、大は小を兼ねるかなと思ったのです。

正解でした。

食器だけでなく、鍋も入れられるし、食器の少ない日には、ガス台の五徳や魚焼きグリル、電子レンジの回転皿、まな板、包丁などまで入れています。

調理に関するもののほとんど何でも、そこで洗える。

グリルや五徳、電子レンジの皿は汚れをためると、熱でだんだんこびりついて落ちにくくなりますが、その苦労がなくなりました。

グリルの茶色っぽい脂汚れは、重曹石鹸とスポンジでこすることもありますが、食洗機であらかた落ちているので、一から手洗いするのに比べ格段にラク。つくづくわかるのが、食器は洗うのもさることながら、水を切って拭くという工程がけっこう面倒だなということ。水切りかごがいっぱいになってしまったり、なかなか水気がとれず、何枚もふきんを替えたりとか。夏はふきんが乾きにくく、菌が繁殖しやすいのですが、その工程も食洗機が担ってくれるのが助かっています。

食洗機に入れる前に軽く予洗いをしたほうが、仕上がりはいいです。鍋の汚れをスポンジでこすったり、お皿についた魚の脂を落としたりしていると、このまま手洗いしたほうが早くないかなと思うこともあります。でも、その流れで進めてみると、よくすすいで、水切りかごに倒れてこないように置いて、拭いて……という工程が、食器洗いの中で大きなウエイトを占めているのがよくわかります。たとえ予洗いの手間があっても、食洗機に入れて後はお任せのほうが断然いい。

食洗機をやめて全部手洗いに戻るのは、衣類について、洗濯機をやめて手洗いするのに近いかも。

そう感じるほど、食洗機は私にとって救世主となっています。

導入できる状況にありながら「贅沢かも」と迷っているかたには、ぜひおすすめしたいです。

水仕事以外の作業にもやわらかい布手袋を

若いときより手が乾燥しやすくなっています。

指先がささくれやすく、手のひらまでもカサカサに。

体調管理への意識が高まってきたことも関係していそうです。コロナはもちろん、風邪やインフルエンザ、ノロウイルスなど感染性の病気を予防したい。予防策は手洗いといわれるのでそれが習慣になりました。

外出から帰ったら、ハンドソープで洗う。家の中にいても、お金をさわったら次の何かに移る前に必ず洗う。宅配便を受け取ったあともそう。

すると乾燥が避けられません。除菌ソープは特に乾燥しやすいとのこと。

なんとかするには、手洗い後にクリームを塗る、できれば手袋をして家事をする、その二つに集約されそうです。

家事の手袋というと、炊事用のゴム手袋を思い浮かべますが、水仕事以外でもけっこう手は荒れる。

たとえば古紙回収のため古紙をとりまとめるときに、私はゴムではなく布の手袋をします。通販の利用が多い今、段ボール箱を開けて中身を取り出すときや、空箱をつぶすとき、そうした作業のときにも、布手袋は手を守るのにかなり効きます。

布の手袋とは、タクシーの運転手さんなどがしている白い柔らかい生地のもの。軍手も持っていますが、細かい作業には向きません。

宅配保管付きクリーニングに出す冬の衣類をたたんで重ね入れる、クリーニングから戻ってきた衣類のビニール袋を外してハンガーにかけるといった作業にも、やわらかいこの布手袋がおすすめ。

以前、クリーニングから戻ってきたあとの作業を、勢いで素手でとりかかり続けていたら、手のひらが痛痒く、炎症のようになりました。「やっぱり、手袋の効果ってあるのだな」と実感しました。

以来、水仕事ならぬ「乾き仕事」にも手袋を、と思ったのです。

勢いで、と書いたように、一気に作業したいとき手袋をするのは面倒で、つい「このくらいなら素手で」とそのままはじめてしまいがち。それを防ぐには、すぐ手にとれるところにあること。

私は段ボールの解体や古紙をまとめるのに使う、カッター・ハサミ・ガムテープ・ビニール紐といった「作業道具セット」を、小さな収納用ソフトボックスにひとまとめにしていますが、手袋もその一式に加えてあります。

すると、ハサミなりカッターなりを持つ前に、はめる習慣が自然につきます。

乾燥がこうも気になるのは、加齢で脂の分泌量が少なくなっているから。頁をめくるとか、お札を数えるときとか、昔のように紙が指についてこない……。

ガックリはしますが、それが今の自分と心得、手袋で弱みを補うつもりです。

お菓子とのスマートなつき合い方

お菓子をついつい無意識に食べているかも……わが身を振り返るきっかけは、新幹線で乗り合わせたある女性の姿。40代くらいでしょうか、座席前のテーブルに書類を広げ、作業をしながらテーブルのはしのお菓子の袋に手を入れてはずっとつまんでいるのです。私が降りるまでの小1時間ずっと。

たぶん、頭を使う作業のときは脳が糖分を欲するからなのでしょう。でも、1時間ずっとお菓子をつまみっぱなしというのは、もし、それが習慣になってしまっていたら怖い気がしました。

私も甘いものがほしくなるときがあります。

疲れて頭なり体なりが、あきらかに求めているなと感じるほど。正直言って、食べるのをガマンすることは、できません。せめて「食べようと思って、意識的に食べる」ことを、お菓子とのつき合い方のルールとしています。

意識的に食べるとは、具体的にどういうことか？

袋菓子でも皿に移して、わざとおおげさにセッティングします。贈答に用いられるチョコレートでなく、コンビニでふつうに売っているチョコレートでも、箱からじかにとらず、三粒なら三粒を皿にのせて、コーヒーなどの飲み物も淹れて、「今からお茶とお菓子の時間」という空間を作る。

食べ終わると、いつまでもお皿やカップ・アンド・ソーサーがあるのはじゃまだし、カップに茶渋がついたままなのも気になるので、流しへ持っていく。「おやつの時間」はそこでひと区切り。

つまりは、「つい」「なんとなく」手を伸ばし続けて、気がついたらひと袋なりひと箱が空、となるのを避けるのです。

書いていてつくづく思いますが、お菓子がどうでもいいものだったら、そんな手の込んだことはしないでしょう。そうまでして量を規制しなければならないのは、やっぱり私はお菓子が好きなのです。

小麦粉を使った焼き菓子、煎餅、ポテトチップスなどのスナック菓子もときどき無性に食べたくなります。売っている袋の大きさが、そんなときの「抑止力」。店に大きな袋しかなかったり、焼き菓子でも1パックの個数が多かったりすると、「こんなにたくさんの量が私のおなかに入るのか」とこわくなる。一度に食べなくても、あれば少しずつ食べ、結局は全部自分のおなかに入ることになります。そう考えるとためらわれ、買わずに帰るか、少量パックがあればたとえ単価は高くついても、そちらを選びます。

「家に常にお菓子がある状態」を作らないようにします。メリハリをつける。お菓子を食べるときは、食べたいと本気で思うとき。そうなるとおいしいお菓子を食べたい。焼き菓子にしても、作って売っているところで買うとか。

それが基本になると、袋に入って売っている焼き菓子のおそろしく長い賞味期限が不自然に感じられてきます。

甘いお菓子を食べたくなるのは、もしかすると、ご飯の量が足りていないからかも。女性は太りたくないという思いがあって、ふだんの食事でご飯の量をつい控えぎみにしがち。間食がクセになっているなら、いちど思いきってご飯の量を増やしてみると、そんなにほしくならなくなるかもしれません。

夕食を早めに終えて、遅くまで起きている日など、夜中、急に空腹になることがあります。寝ているはずの時間帯にものを食べないほうがよくても、おなかが空きすぎて眠れないかもというときは、いっそご飯を温めて梅干しや漬け物などと食べるようにしました。

塩気のあるものでは満たされず、どうしても甘みがほしいときは、甘酒を水で薄めて温め、しょうがパウダーをふって甘みを引き立てます。夜中にお菓子を食べるよりはまだ、罪の意識を感じることが少なくてすみます。

とはいえ、甘いものは好き。甘いもののない人生なんて！　この本ではそんな私の「おやつタイム」を各章最後のコラムでご紹介しますね。

「大人のおやつタイム」①
疲れに効くひと粒チョコ

疲れたときてきめんに効くのがチョコレート。甘さが体にしみわたるよう。朝は食べないけれど、夕方5時頃になると欲します。エネルギーの補給、体が求めるおやつタイム。「自律神経の整え方として正しくない」「血糖値が急上昇」と説く健康記事もありますが、絶大な疲労回復効果、なかなか手放せません。

上手にとるとしたら、ひと粒の満足感を高めること。食べ過ぎを防げます。昔の職場で、毎日夕方になると板チョコをバリバリと一枚まるごと食べてしまう人がいましたが、さすがにあれが習慣になるのはよくないように思いました。

バレンタインの時期にあちらこちらに出現するチョコレート売り場は、満足感の高いひと粒に出合えるチャンス！ 自分のために覗いてみます。

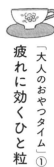

第2章

50代前半と50代後半とはやっぱり違う

住まいの快適さは年齢によって変わる

年をとるにつれて、それまで不便と思わなかったところが不便に、危険と思わなかったところが危険になることが出てきます。

私の住まいは一階で、小さな庭もあるのが気に入って手に入れたのですが、50代になってから特にこたえるようになったのが、床からの冷え。家の中でいつも寒さのことを考えていました。

暖房器具はいろいろ使っていました。冬になればホットカーペットを家具の下へ敷き込み、ストーブもエアコンも使う。夏の前にはストーブをしまい、ホットカーペットも外してたたむ。が、その作業がだんだん面倒になってきます。

また、そうして苦労して居室を温めても、廊下に一歩出れば寒いなど、家の中に温度差がありました。トイレも窓があるせいか寒く、冬場に風邪を引いたり、ノロウイルスでおなかを壊したりしているときはことにつらくて、ついにリフォームを決意したのです。

リフォームをいつするかは考えどころです。最初はもっと老後になってからでいいと思っていました。老後だと、時間的に余裕ができるので、リフォームのプランをじっくり練ることができる、シニアになってからのほうがそのとき必要なものがわかるだろうと。

でも結果的には50代半ばでリフォームをして、私はよかったです。

リフォームはやはり相当エネルギーのいること。予想以上です。私は仮住まいに引っ越して戻ってきたので二回引っ越しをしました。そのための体力はもちろんのこと、業者さんとあれこれ交渉をするエネルギーもいります。

では、引っ越しをしないで住みながらリフォームすればラクかというと、そうではない。体験者の話によると、毎日朝8時半に工事の人が来るから、たとえ具合が悪くても必ず起きていなければならない。朝から夕方までずっと人がいて、かなりの騒音も振動もある。今はラクになったと言えど、工事の人のお昼やお茶の気づかいもあるしで、たいへんな心労だったと。

そう聞いて、引っ越しを伴うにせよ伴わないにせよ、ある程度体力のあるうちがベターだなと感じました。


まだ体力のあるうちだと、リフォームのプランを練るにも、足腰の弱ってからのことはなかなかイメージしにくいもの。私は、いきなりバリアフリー仕様にしなくてもいいかなと思いました。

手すりもどこに必要になるかが具体的にわからない。ならば必要になったとき、介護保険で費用補助を受けて設置すればいい。手すりなら、大がかりなリフォームでなくても修繕の範囲でできる。

もちろんできる限り、老後のことを考えてリフォームをしました。床の小さな段差をなくす。引き戸を採用する。引き戸も上から吊るものにすると、床にレールを設けずにすみ、それもつまずき防止。

引き戸は左右にスライドさせるもの。開き戸は、近づいてドアノブを持ってからいったん後ろへ下がらないといけませんが、引き戸ならそのまま前へ進めて、高齢者にはラクなのです。そのあたりはかなり考えました。

さて、実際にリフォームをしてみて大正解でした。とにかく前の家が寒すぎたので、リフォーム後にはじめて冬を迎えたとき、家が暖かいと、こんなに活動的になるものかと驚きました。

寒くないだけで元気が出るし、温度差がないので臆せず動き回れるし。また、この本の最初にも書いたように、ほんとうに小さなことですが、カーテンのタッセルをかけるフック一つも自分好みの仕様にできたので、かけるたびに何とも言えない満足感があります。

フルリフォームまでしなくても、部分リフォームという選択肢もあります。

老いに向けての家の機能性の向上に加えて、気分も上がるリフォームはおすすめです。

忘れ物をなくすための対策あれこれ

若いころはずいぶんあぶなっかしいことをしていたなと思うことの一つが、出かける支度です。その日に持って出かけるものを、その日の朝、出かける間際にかき集めていました。

今はもう、そんなことはリスクがありすぎてできません。必ず前の晩に準備をしています。出張や旅行でなくても、普通の仕事の外出でも。

お財布、ＩＣカード、ハンカチ、ティッシュ、化粧ポーチといった基本アイテムの他、その日の打ち合わせで必要な資料類や筆記用具、行った先が寒かった場合の羽織るものまで全部揃えます。

忘れ物を防げるだけでなく、気持ちにゆとりができます。出がけにあたふたするのは事故のもと。

忘れ「物」だけでなく、忘れ「事」を防ぐ工夫もしています。すべきことを手帳に記す。手帳に記しても忘れそうなことは付箋に書いて、パソコンの画面に貼り付ける。

投函すべき郵便物やコンビニなどで支払う振替用紙は、出かけるとき必ず通る玄関のシューズボックスの上に置く。または次の日持っていくバッグの上にのせる。バッグの中にしまい込むと、それもまた忘れそうなので。

とにかく、パッと見えるようにします。

恥ずかしながら、それでも投函するのを忘れたときは、「これなら絶対に忘れまい」と、次からは、翌日履く靴の上に置くこともあります。

スマホやパソコンにメモしておくのは、私には効果がありません。

私たちの世代……と他の人も自分と同じと考えてはいけないかもしれないけれど、「端末」というものが、もとからそばにあったわけではない世代の私には、紙ベースがいちばん注意喚起力があるようです。

スマホやパソコンは電源を入れない限り見られませんが、紙に書いて貼っておけば、嫌でも目に入るのです。

明日「Aさんに連絡」とか「〇〇〇を買う」など、忘れては困ることは、紙に書く。頭で覚えておこうとすると、「忘れてはいけない」というのがプレッシャーになります。

頭の中身を付箋に書き出し、頭は空っぽでもいい（?）ことにすると、忘れ物防止に加え、精神衛生にも断然いいです。

外出のついでにすませたい用事は、小さい紙片に書き、財布の中に入れることもよくします。

銀行からお金を下ろす。郵便局で振り込む、切手を買う。コンビニで宅配便の伝票をもらってくるなどいくつかあると、帰ってから「あー、あれもするんだったのに忘れた」となりがちですが、財布にメモを入れておくと、お金の出し入れのたびに「この紙、なんだっけ？」と気づく。

ついでにすませたい用事が一つのときが、意外と危ない。

「一つだから、さすがに忘れないだろう」と紙に書かないで出かけて、キッチン用洗剤を買うのを、もう三日連続で忘れています。

自分で自分が信用できない……。

最初は「こんなことぐらいで紙に頼っていたらだめだ。覚えよう」と思っていましたが、三日も続くと「意地を張っていないで、書くか」と。

書くのは手も動かすので、認知症予防になるかなと淡い期待も持っています。

苦手な人とのつき合い方も考え方次第

相手のことが苦手だけれど、どうしてもつき合いを逃れられない場面ってあります。私には晩年の父がかかっていた、クリニックの医師がそうでした。

入院は大きな病院でしていましたが、そこでの治療が終わると、ずっと飲み続ける薬を出してもらうなどのフォローは、近所のクリニックで受けることになります。病院からクリニックへは、診療情報提供書で申し送りをされますが、それは封をされていて、私は読むことができません。

なので、入院していた病院を退院する際、看護師さんから聞いた説明をメモしてきたものを読み、「こういう薬を処方してもらい、こういうふうに服用するよう言われました」などと報告しました。

すると、こう言われました。

「診療情報提供書には、そうは書いてありません。そんな曖昧なことでは薬は出せません。もう一度病院に行って聞いてきてください」

私は正直、悔しかったです。

年とった親を車椅子にのせて、入院先から無事に連れて帰ってくるのだって大変なこと。その足ですぐに報告に来たのに、薬ももらえず追い返される。父にとっては毎日飲まなければならない大切な薬を。

しかもかんじんの情報は、医師の手にあって、私は見ることができない。「そこに書いてあるなら、医師からあなた宛の文書なら、あなたが医師に電話して確認してくれればいいではないか」と思いました。

入院先へとって返しても時間的に間に合わないので、電話して、退院時に説明してくれた看護師さんと直《じか》に話すと、看護師さんの私への説明が間違っていたことがわかりました。でも、クリニックで、別の病院の看護師さんを悪くは言えません。相手は同じ医療者どうしです。

クリニックへ戻って「私の先生への報告が誤りでした。申し訳ありませんでした」と頭を下げて、薬をもらってきました。

その件で彼への苦手意識が強く植えつけられました。

自分のことでかかるなら、クリニックを替えます。でも患者は高齢の父。近所で、車椅子で連れて行きやすく、しかも往診してくれる。そんな医師は貴重です。苦手でもなんでも、ここに通うしかない。

ならば、次からもきょうだいに頼まず、私がなるべく来よう。

気持ちとしては見たくないくらいの顔でも、何回も顔を合わせれば、「嫌いであってもなじんだ顔」になります。苦手意識というのはたぶん相互的。私に苦手意識があるからは、向こうも私を苦手に感じているはずです。父の受診をスムーズにするには、それは少しでも解消しなければ。

苦手意識を克服するには、しょっちゅう会うしかない。嫌いな人は避ければいいと思っていた私には、発想の転換であり、自己訓練のいいチャンスでした。

それを応用したのが、通っているジムでのできごと。あるときから、挨拶を返してくれなくなった人がいました。目が合って会釈しても無反応です。

「とりあえず一〇回は挨拶しよう」と思いました。

気がついていないのか無視しているのかわからない。無視していても、挨拶を続ければ、少なくともこちらには避けるつもりがないとわかるはず。

前の私なら二回以上も無視されたら、その時点で切り捨てた人間関係です。結果的には一〇回続けても同じで、次からは私も会釈するのはやめました。

父のかかりつけ医のように関係を絶つことができない人とは、苦手意識を克服するか、克服できなくても苦手なままつき合うしかない。でもこのジムの人のようなケースは、自分の思い違いの可能性を考慮し、何回かはたらきかけをしたうえで、それでも同じ状況なら、つき合わなくていいと思います。

世の中には、理由はわからなくとも苦手ということはあるものです。

それでもつき合い続けなければと思うのは、時間と心のエネルギーがもったいない気がします。

きょうだい関係も友人関係のように

きょうだい関係というのは、成人してからある程度の年齢までは、それほど密でなくなるように思います。

仕事が忙しかったり、それぞれに家族ができたりすると、自分の生活のことでせいいっぱい。会うのは年に一、二回、盆と正月ぐらい。

仲が悪いわけでなくても一般的な姿ではないでしょうか。私もきょうだいとはそれほど頻繁に行き来していませんでした。

わが家は三人きょうだいで、３歳違いの姉、10歳以上年の離れた兄がいます。姉は結婚して家を出ており、母が73歳で亡くなってからの父は、事業を営む兄との二人暮らしでした。

けれど父の衰えが始まってくると、しだいに情報交換をしないといけなくなってきました。たとえば私が実家を訪問したときは、父が家の中で転んだことはなかったけれど、兄といてそういうことがあったと聞く。日中は父は一人です。自分が思っているより衰えが進んできたことを知り、「このままでは危ないかも……私も何か手伝わないといけないかも」。

前よりも密に連絡をとり合うようになり、協力体制ができ上がりました。


いろいろな経過をへて、私の家になるべく近く、兄も姉も通いやすい地点を探し、住まいを用意しました。父に移ってきてもらい、きょうだい三人が交代で通っての在宅介護です。

きょうだいとはいえ、長く別々の暮らしを営んでいた者どうしです。はじめのうちは生活習慣の違いなどから、互いにストレスを感じていました。

親の衰えが進むにつれ、父の安全、もっと言えば命をいかに守るかという課題が大きくなってきて、小さな違いを気にしている場合ではなくなってきます。

自分の当番のときにどうしても行けないときは、彼らの誰かに来てもらうほかないわけで、代わりのきかない、その意味では字義通りかけがえのない存在であることが、身にしみます。

前には正しく評価できていなかった相手の性格の美質も、介護の中で見えてきます。たとえば私なら、少しでも自分の時間を確保したいので、効率のよいほうを選んでしまうところを、きょうだいは時間を惜しまず、親の側に立ってこまやかに事を行います。

はじめはそれに対して不合理に感じたり、私の当番の間も同じようにするよう、こまごまとした指示や注意事項を受けるのがストレスだったりしましたが、途中から「そうは言っても、自分本位の私には考えも及ばぬ、こういう労力なり時間なりのかけ方を、当たり前のこととしてできるって、すごいな」と気づき、人間性の評価に変わっていきました。

きょうだいが自分と同じタイプではなかったことが、むしろよかったのでしょう。「人はさまざまであり、それぞれの美質を持っている」という人間に対する一般認識を、きょうだいに対しても遅ればせながらもったといえそうです。

ぎくしゃくすることはありながらも協力して介護し、そこでの結びつきが、介護の終わったあとも続いています。もともとは疎遠だったし、「あの人とは合わない」と思うところがお互いにあったきょうだいですが、介護という必要に迫られ否応なしに結束していったのが、結果的に大きかった。

親が二人とも亡くなり、いわば精神的なその支柱を失ってみると、「残るはきょうだいだな」とつくづく感じました。三人で父の介護というプロジェクトを成し遂げたという達成感の共有や、「あのときは迷ったけど、あれでよかったんだよ」といった思い出の共有が、きょうだいを結びつけています。

きょうだい関係が面倒くさかったり、交流があまりなくても人生に影響はないような気でいたりしたのが、今となっては嘘のようです。

自分に合う服の色と形がようやくわかった！

服の買い物の失敗は、以前よりずいぶん少なくなったような気がします。失敗を重ねながら、自分に似合う色と形がわかってきたのです。お店で見て「すてき！」と思って買ったのに、着るとなにかイメージと違うことがあります。私にとって黄色の服が要注意。レモンイエローのような青みの入った黄色だとまだ何とかなっても、そうでないと顔がとてもくすんで見える。オレンジや赤もよほどうまく選ばないと、自分の顔色が引き立ちません。

おおまかに言うなら、茶系統よりは黒系統を選んでおくのが、私には無難なようです。クローゼットに結局残るのは黒、グレー、ネイビーが多く、茶色、ベージュは少ない。そんな状況に落ち着いてきました。

好きでも自分には似合わないことが、経験からわかってくると、お店で見てひかれても踏みとどまれるようになります。

私には無難なはずの色でも、襟あきひとつで印象が変わります。Vネックとなると、私にはどうも似合わない。ワンピースでもプルオーバーでも。

色のみならず形も、自分に何が似合って何が似合わないのかを知れば「持っているけど着ない服」が減ってくる気がします。

かといって冒険をまったくしないわけではありません。

「試してみて似合わなかった」とわかる一方で、「試したことがないけれど似合わない」と決めつけていたものもありました。

「試してみて合わなかった」は無駄買いを防ぐ力となりますが、「試したことがないけれど合わない」は、一回は試す価値があると思います。

たとえば私はワイドパンツが「合わないはず」とずっと思っていました。

私が好きなのはスリムなパンツかレギンスに、チュニックなど長めのトップスというスタイル。この年代にしては背の高いのが私の悩みで、ワイドパンツをはいたらもっと大柄に見えてしまうだろうと思っていました。

でも人にすすめられて、ワイドパンツに短めのボリューミーなトップスを試してみたら、ふだんのスタイルに比べて背が高く見えるわけでもなく、着心地も意外といい。それまではなかったワイドパンツのコーデも、最近では増えました。

「自分に似合う、似合わない」は経験値のこともあれば、今述べたような思い込みのこともあるでしょう。

年を重ねると経験値の蓄積は、自分の味方になってくれますが、思い込みはおしゃれの幅を狭めそうで、ちょっとさびしい。

決めつけないで一回は挑戦してみたいものです。

質の良い眠りには寝具選びが大事

寝心地に意外と関係するのでは？　と思うのが静電気です。以前は無頓着でしたが、ある年齢から気になってきました。

「これはだめだ」と思ったのが、冬にボアシーツにフリースパジャマで寝たときのこと。夢の中で自分の周りに膜みたいなものがモワモワ、モワモワまとわりついて、目を開けると、髪が静電気で逆立ってあちこちに張りついています。

「パジャマもきゅうくつでないものにした。枕も好みの高さ、硬さのものにした。なのに、なぜか安眠できない」ということなら、原因に静電気を疑ってみてもいいかもしれません。

私は寒がりなので、暖かくはして寝たい。でも暖かさをうたう寝具は、化学繊維のものが多いのです。ボアシーツしかり、マイクロフリースの毛布しかり、フリースパジャマしかり。化学繊維は静電気が起きやすいと聞きます。

いろいろ試して冬のパジャマは、厚手のコットンニットのものに落ち着きました。ニットなので伸縮性があり、生地に空気を含んでいるので、コットンでも暖かい。静電気はゼロではないけど少なめです。

最初は静電気が起きにくいうえ、保湿力もあると聞くシルクニットのパジャマにしましたが、高価だし傷みも早いのでやめました。今はコットンニットでじゅうぶん満足。


ベッドのシーツも、化学繊維はやめてコットンに。いちばん寒い時期はモイスケアという繊維を中わたにした、敷きパッドを使っています。同じくモイスケアが中わたの、掛け布団もあります。

モイスケアは吸湿発熱性の素材で、化学繊維ではありますが、静電気に悩まされたことはないです。私の使っている敷きパッドは、中わたを包む生地の肌側の面がコットン70パーセントだそうで、そのためもあるのかも。

モイスケアの敷きパッドの上にじかに寝るのが、吸湿発熱性がいちばん生かされるとは思うのですが、寝具はインテリア性もあるもの。

愛用のモイスケアの寝具は、色が私の寝室には合わないので、好みの色のシーツをパッドの上に敷いたり、掛け布団はカバーリングしたりしています。それらシーツ、カバーリングはコットンです。

学校の制服、会社の制服（私にもかつて会社員だった時代がありました！）とも、ブラウスは白の化学繊維でしたが、洗濯を繰り返すと、なぜか黒ずんでいきました。

コットンは傷んでも黒ずむことはない気がします。

色の清潔感、洗い上げて干したときの満足感。それと肌にじかにふれているのが天然素材というのは、なんとなく気持ちがいいです。

睡眠時間は、人生に占める割合が大きいもの。8時間寝るとしたら人生の三分の一だし、6時間でも四分の一。自分にとって心地よいものを使うという贅沢をしてもいいかな、と思えます。

家の中でもつまずき防止

年をとってきて「気をつけないと」と思うのは、自宅での事故です。高齢者が家の中での事故で亡くなる割合は、交通事故よりずっと多いと聞いています。自宅での事故のうち、まだ元気な50代のうちからでも起こりそうなものとして思い浮かぶのが転倒。防ぐためには、床の上にものを置かない、スリッパをはかない、この二つを私は実践しています。

よく利用する収納かごも、つまずかないよう、椅子の下に入れると第1章で書きました。床にものを置かないのが理想とはいえ、帰ったときのバッグや買い物袋など、とりあえず置きたいときはあります。

そのときも床にじかに置かず収納用ソフトボックスに入れるようにします。バッグを床にじか置きすると、動線からは外したつもりでも、ショルダーストトラップがひょろっと伸びていたりして、それにつまずいたことも。ソフトボックスに必ず収め、動線へのはみ出しを防ぎます。

宅配便で届いた段ボール箱もそのまま廊下に置くと、角につまずきがち。すぐには開けられない状況であれば、部屋の奥など安全なところへとりあえず移す。

散らかさないのは安全への第一歩と、つくづく思います。


怖いのはコード類。私の家も、リフォーム前まではコードを床に這わせざるを得ない状況でした。冬の間、自分のいる場所に合わせてストーブを移動していました。そのたびにコンセントから抜き差ししないですむようコードを継ぎ足して使っていたのです。

「コードがあるのはよーく知っているから、つまずくわけない」と思っていたのに、危なかったことが何回か。玄関チャイムが鳴って慌てて部屋を飛び出すときとか、考えごとをしながら廊下を歩いているときとか。

50代後半ならば、つまずいてもとっさに体勢を立て直し、前方へ頭から突っ込むような派手な転び方はしなくてすんでも、60代に入ったら、そうもいくまい。少なくとも歩くところにはコードは這わせないと決めました。

床のすみを這わせて、余ったぶんが動線へはみ出ないよう「箱」にまとめる方法があります。「ケーブルボックス」と呼ばれるもので、ティッシュペーパーの箱よりひと回り大きく、中にコードを通せます。床の色、材質と合ったものにすると、インテリア性を損ないません。

スリッパは脱げてつまずきやすいので廃止。リフォーム前は、冬場は靴下をはいても足裏が冷たかったですが、それでもスリッパははかず靴下を二枚履きに。

敷物も微妙です。カーペットのふちも、意外とつまずきやすい。

大きな段差だと注意してまたぎますが、わずかな段差がかえって危ない。インテリア性という点では、敷きたくはあるのですが、リビングのカーペットはあきらめました。

ソファだと足がむくんでリビングの床にべたっと座りたいときは、バスマットくらいの厚さのファブリックをお尻の下に敷きます。それも使わないときはたたんでソファの下に入れておくくらい、つまずき防止は徹底しています。

すぐに片づけられなくて、とりあえず床に置いてしまいがちな最たるものが、乾いた洗濯物ですが、私はベッドの上に置いてしまいます。

そこだと絶対つまずかない。そして寝るためには片づけないといけないので、「とりあえず」が固定してしまうことがありません。

ウエストゴムと着心地

年齢とともに服に求める条件として、着心地のよさとかラクさとかの優先度が上がってきます。私が疑問なのは「ウエストゴム」。世の中ではラクさの代名詞のようにいわれますが、ほんとうにそうか？

ゴムって伸びるからラクと思われがちですが、たしかに引っ張れば伸びるけど、手を離せば元に戻ります。その戻ろうとする力でウエスト部が常に圧迫されている、その締めつけ感が私は苦手。

おなかまわりの肌に圧迫されたアトもつき、皮膚トラブルまではいかなくても不快感はあります。なので通販でパジャマやルームウェアを買う際も、ウエストのゴムの入れ替えが可能かどうかを気にします。

ウエストゴムの商品やストレッチ素材の商品を広げて見たとき、

「まさか、ここにお尻を入れよと言うの？」

と驚くものがけっこうあります。

たとえばレギンス。ＬＬサイズなのに、ウエスト部やヒップ部が、官製はがきの長い辺くらいの幅しかないとか。もちろん伸ばせば入るけれども、必ず圧迫感があるわけで、着用中はそれとの闘いになります。

アパレルのサイトでシニア向けのパンツが売れ残っていると「ゴムの問題に気づいてないでしょ」と指南したくなります。Ｌサイズなのにウエスト仕上がり寸法が68センチとか、ありえません。


購入にあたっては「縦横ストレッチ」とか「ぐーんと伸びる」などのうたい文句に惑わされず、そのあたりをよくよくチェックされることをおすすめします。

ストッキングやタイツは、どうしても幅が狭いですが、せめてマチ付きのものを選ぶようにしています。サイズ表示でＭ、ＬのほかにＪＭ、ＪＬなど「Ｊ」のつくものがあればそれを選びます。

「J」はふくよかな方向けと売り場の人から聞きました。私は「J」のつくサイズ設定があればそちらを買うし、なければなるべくならLL、それもなければLにします。「J」のつくサイズを買おうとすると、「お客さま、これはふくよかな方向けでございますが」とレジで確認されたり、試着できるところでは止められたりしますが、「はい、間違いありません」とキッパリ。

前に知人が「自分はSの人と思っていたのに、Mがちょうどよくてショック」と言っていましたが、私はそういうプライドはとっくに捨てていて、心地よさをとります。引き出しにLLのレギンスが入っていることは、悔しくないです。


パジャマやルームウェアは、ゴムの入れ替えが可能なものを買っても、はくとたいていきつく感じるので私の好みのゆるさに即入れ替えます。

入れ替えはそれほど手間がかかりません。ゴム通しという裁縫道具があれば、ほんとうにすぐ。ウエストの締めつけがないことは寝心地につながります。

「大人のおやつタイム」②
自然の濃厚な甘さ、干しイモ

最近になっておやつに加わったのが干しイモです。見た目に心躍るものがなくて、子供の頃はうれしくなかった。黒ずんでいて、形もなんだかしわしわ。甘さも中途半端なような。

ふかしイモや焼きイモのほうがおやつらしいと思っていました。

たまたま人にいただいて、グリルで軽く焼いてみたら、濃厚な甘さとねっとり感にビックリ。子供の頃はこのひと手間を知らなかった！

干しイモは一度ふかしたイモを干すそうです。収穫してひと月ほど置いて糖度を上げてからふかすのだとか。甘いわけです。それにグリルで火を入れたら、ふかしイモと焼きイモのいいとこどり！「手間」と言ってもわずかなもの。

食物繊維もとれて、弱りがちな消化を助けてくれる、大人のおやつです。

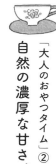

「大人のおやつタイム」③

かわいくてほくほく！　坊ちゃんカボチャ

カボチャは別名を南京《なんきん》。イモと栗の三つが「芋栗南京《いもくり》」と呼ばれ、砂糖をふんだんに使えない時代のスイーツでした。蒸しただけでも自然の甘みがある。

カボチャは皮も身も硬くて、切るのがたいへん。カットしてあるものを買うことが多いですが、ときには丸っこい形を楽しみたい。そんなときには「坊ちゃんカボチャ」。手のひらサイズのカボチャで、よくぞこんなかわいい名前をつけてくださった！　ふつうのカボチャと同じく皮は緑、中はきれいなみかん色。飾り用かと思えば、りっぱな食用で、まるのままラップし電子レンジで加熱すれば、甘くて栗のようにほくほくです。

置いて眺めて形を愛でて、手軽に味わえて。おひとりさまにピッタリ。

第3章

体調の整え方を見直す

年齢とともに変わる身体のコンディション

自分の体力を測りながらスケジュール管理

疲れやすくなったと感じています。50代も後半に入って特にこの数年です。ジムに行って好きなダンス系フィットネスのクラスが、たまたま2コマ続いていると、つい2コマ目も出てしまい、そのときは楽しいからノリノリで動けています。

ところが夜8時半頃帰ってきて、遅めの夕飯を作る段になると、風邪でも引いたかと思うくらい体が重くてだるい。

「とにかくいったん休まないことには」とベッドに横になるや、引きずり込まれるように眠ってしまい、はっと目が覚めたら10時ということもある。

クラスの最中の動けている感じと、その後の疲れようとのギャップに驚きます。運動能力と体力とは別のようです。

私がジムに行くのは平日の夜か日曜の夕方で、仕事や用事のあることも少なくなく、たいていは週二回。

ある週は、たまたま三日連続でジムに行けるスケジュールとなり、これ幸いとばかり張り切って通いました。すると疲れが徐々に蓄積されていって、昼間活動する力がなんとなく低下します。

以来、三日連続して行けるときでも一日あける、朝早くから出かける日の前日は控えるなど、自分の疲れやすさや、疲れがどれぐらい残るかを勘案《かんあん》し、スケジュール管理をするようになりました。

前はスケジュール帳を開いて、紙の上で入れられることは、すなわち可能と思っていました。でも今は、時間的に可能でも、体力的には不可能ということが十分あり得る。40代までと同じようにスケジュール管理をすると、無理が溜まっていくなと感じています。

仕事もあんまり、ぎゅうぎゅうには詰め込まないようにしました。

自分の出力がいちばん高い状態ならば一日でできる分量を、あえて二日に分けてスケジューリングする。

中程度の出力を前提にスケジューリングしておいて、たまたま早めに終わったらラッキーと思うことにする。加えて予備日もあらかじめスケジュールに入れておくことにしたのが、50代で大きく変えた点です。


新聞などでツアー広告を見ると、午前中観光し、昼は伝統芸能を鑑賞しながら食事し、移動し、午後は別の町を観光、みたいな盛り盛りの満載スケジュールとなっていますが、あれと似たようなことを自分の体に対し、していないかどうか注意します。

疲れというものをこれまで私は過小評価していたけれど、これから60代に向かい、過大ぎみに評価してスケジューリングに反映するくらいがちょうどよさそうです。

今までの健康管理に過信は禁物

ある程度年を重ねてくると、人それぞれに健康法を持っていると思います。

知人は抗菌抗炎症の作用があるマヌカハニーを頼りにしていて「ちょっとした傷でも喉の炎症でも、これをつけたら治る。調子悪いなと思ったら、これを舐めて早めに寝ればだいじょうぶ」と言っています。

それぞれに健康的と思う食事をしているでしょうし、食事に気をつけている人は運動習慣もあるでしょう。

共感する一方で、過信する怖さも感じています。「健康法を実践しているから私はだいじょうぶ、病気なんてならない」と思い込まずに、健診を受けるなり、かかりつけ医を持つなりして、専門家の知識を上手に借りながら健康管理するほうを、私はおすすめしたいです。

病気は食事だけでなるものでもないし、運動不足だけでなるものでもありません。

知人で、見るからに健康的でマラソン大会にも出場していた人に、がんが見つかって、本人も驚いていました。がんがあったこと以上に、がんがありながら普通に走れていたことのほうに驚いていて「本当にわからないものだわね」と話していました。

私も自分なりの食事療法は持っています。が、似たような食事療法をしていて「医者には一度もかかったことない」とか「検査はかえって体を悪くする。見落としもあるっていうし」という人に会うと心配になります。

検査にも見落としがあるのは、残念ながら事実ですが、それよりも検査で見つかることのほうが多いです。その恩恵は受けたい。

生活習慣病はその名のとおり、少しずつ進みます。がんについては症状がなくても検査を受けるのが、早期発見の道です。

がんだと自然療法だけで治そうとする人もいます。が、私は次にがんになっても、まずは標準治療を受け、そのあとの養生に自然療法を取り入れるつもりです。

今の医療で安全性と有効性が確認されているものを標準治療といいます。最初から自然療法だけで治そうとし、進行してしまってから病院に行き、そのときは選択肢がとても限られ、亡くなってしまった人もいます。

早期のうちに標準医療を受けていれば……とは、タイミングを逸してしまったあとの本人にはけっして言えませんでしたが、本当に残念です。

健康への意識が低かった人ではありません。むしろ高くて、がんになってからも情報収集に積極的でした。結果、病院ですすめられた標準治療より、「自然療法で治した人がいるから」と、自分で見つけてきた情報のほうを高く評価してしまった。

知識欲が旺盛で、自分で解決しようという意欲も旺盛な人が陥りやすい落とし穴かもしれません。

今は情報検索できる環境にあるので、自分の知らない治療法が何かあるのではと探すのは自然だと思いますが、奥の手とか裏技とかいったものは、健康管理においてはなかなかない、そんな気がしています。

「病院に行くと具合が悪くなる」とよく言われますが、当然です。慣れない環境で、混雑していて、時間もかかります。検査となると薬や器具などを体に入れますが、体内にふだんないものだから、快適ではもちろんなく、ダメージも少々あります。病院にはひと頃よく通った私も、行くたびに疲れました。

でも、そこはリスクとの勘案です。それによって得られる利益とか恩恵のほうに目を向けて、健康管理にとり入れています。

冷え対策は重ね着で温めどころを押さえる

冷えは気になる問題です。女性で冷えに悩まない人っているのだろうかと思います。加齢により基礎代謝が下がってくれば、なおさらでしょう。

最近感じているのは、足と胴体を温めるとかなり効くということ。

以前は冷え対策でも「勘どころ」のようなものがわからずに、むやみに厚着をしていたのです。

たとえば薄手の防寒シャツの下にタンクトップを重ね着すると、厚手の防寒シャツ一枚よりも暖かいことに気づきました。

厚手の防寒シャツは着心地と見映えに影響し、特にジャケットのときは袖がきつくなります。そういうとき袖は薄手の防寒シャツ一枚で、胴だけタンクトップとの二枚重ねにすると、肩こりも少なく快適です。

若い頃に北京に留学したとき、日本人の防寒の仕方は間違っていると言われたことが印象に残りました。当時の中国はまだ貧しくてみんながウールを着られるわけではありません。でも綿のものをたくさん重ねて防寒していました。空気の層を作って保温するのです。

上半身ばかり厚着をしても、下半身が薄着ではスースーします。特に腿の前や足首を冷やしてはいけないとよく言われます。それらを温めると、逆に上半身は割合い軽快に過ごせるものです。

私は冬、パンツでもそれ一枚ということはなく、下半身もやはり重ね着しています。コーデュロイは綿ですが、そのパンツでも下に機能性繊維のレギンスをはくと、それほど寒さを感じません。

夏でもいわゆる「ナマ足」でいることはなく、ワンピースのときは綿のレギンスにソックス。足首をいかに出さないかを工夫します。

改まった場所では、レギンスははきづらいですが、そのときには真夏でも20デ

ニールのストッキング。肌の透けるくらい薄いストッキングは、冷房の中では寒くて無理です。

温める「勘どころ」がつかめたせいか、以前は冬になると袖が何枚も重なっていた私ですが、先日はなんとノースリーブのワンピースが着られました。改まった場所での会合です。

そういう場所は、夏は冷房が効いているように、冬は暖房がされています。機能性下着のタンクトップと、腿前まで隠れるロングタンクトップを重ねた上に、厚い化繊のノースリーブワンピース。行き帰りは、それにウールカーディガンとダウンコートで大丈夫でした。もちろん足は、160デニールの超厚手タイツ。

「勘どころ」を押さえると、ファッションの幅が広がりました。

タンクトップで胴体を重ね着してわかったのは、「冷えってかなり背中からくるのだな」ということ。

ドラマに出てくる昔のおばあさんが、家の中でも首にぐるぐる何か巻いたり、チョッキみたいなのを着たりしていますが、あれは理にかなっていたのですね。私も家で袖を動きやすくしておきたいときは、薄手のダウンベストを愛用しています。

寝具の工夫で温めながらの快眠術

寝るときに、寒くてなかなか眠れないという人は周囲に少なくありません。原因はさまざまでしょう。住まいそのものが暖かくないとか、手足が冷えていて布団に入っても温まってこないとか。

寝るときに温かくするというと、上にかけることをまず考えがちですが、下から熱が逃げないほうが実は大事と聞きました。

畳の上にそのまま布団を敷いているなら、断熱効果のあるアルミシートを布団の下に入れるといった工夫がおすすめだそうです。ホームセンターや家電量販店で売っています。

私はベッドを使用していますが、冬はベッドマットの上にじかにシーツを敷かないで、保温保湿性のあるベッドパッドを入れて、下からの冷えを防いでいました。今は自宅のリフォームで部屋そのものが暖かくなりましたが、それでもベッドパッドのあるほうが、布団の中も早く温まる感じです。

意外と間違っているのが、羽毛布団と毛布の順番。毛布は羽毛布団の上にかけるのが効果的と、寝具や冷えの特集で読みました。羽毛布団の中で温まった空気が上から逃げないように、毛布でフタをするのだそうです。私もそれまで毛布を下にしていたので、試しに逆にしたら、全然違いました。

宣伝めいてしまいますが、おすすめせずにいられないのが、先ほども書いた「モイスケア」という繊維を使った敷きパッドと掛け布団です。人が寝ているあいだに出す湿気を熱に変える機能を持つそうで、この敷きパッドと掛け布団で上下から挟むと、相当に温かい！

私にとって最強の温かさを得られる組み合わせは、上はモイスケアと羽毛布団、毛布の三枚掛け、下はモイスケアの敷きパッドというもの。三枚掛けでもそれぞれが軽いので、湿気をためないようにすれば重さは出ません。

年を重ねると、服であれ何であれ、重いものがつらくなってきます。むやみに重ね掛けするよりも、機能性繊維の寝具を用いたり、同じものでも寝具を重ねる順番を変えたりといった工夫で、暖をとりたいものです。

寝具以外の「小道具」による工夫は、人に聞くとさまざまで面白いです。

布団に入った瞬間のひんやり感が嫌で、寝る前にヘアドライヤーを全体的にあてるという人。犬と寝るという人。

私は電子レンジで温めるタイプの湯たんぽを用いています。寝る少し前に布団の中に入れると、歯みがき洗顔の終わる頃にはいい感じで温まっているので、あとはそれを低温やけどに気をつけながら、なんとなくそばに置き、布団の中が温まってきたら出すというふうにしています。

リフォームをする前は、布団の中は温かくても、夜中に起きてトイレに行くとき、廊下とトイレが本当に寒かった。

冬は、特にノロウイルスの流行る時期だから、トイレへ行くことが多くなります。急激な温度差は、体にとって危険。寝具内のみならず、寝具の外も寒くないようにできれば、それに越したことはありません。

「寝落ち」を自分に許す

疲れはこまめにとったほうがいいと、最近、とみに感じています。年を重ねるにつれ、自分で思っている以上に体が疲れていることが、多くなっている気がします。

寝る時間ではないけれど「眠い」とか「横になりたい」と感じたら、疲れているサイン。休息が許されるなら、寝る時間までがまんしてもたせず休息をとるほうが効率がいいように思いはじめました。

今は眠くなったら、少しの間テーブルに伏すこともあるし、リビングの床に寝転がってしまうこともします。

かつてはリビングで寝ることは、けっしてしませんでした。

子供の頃、親に「畳でゴロ寝は行儀が悪い。眠いなら寝室に行って、布団を敷いて寝るように」と言われていたためか、ひとり暮らしになっても、リビングで横になるのは落ち着かず、生活態度が悪いような抵抗感がありました。

ものすごく疲れて「ベッドで本格的に寝るより、今、ちょっとだけ、横になりたい」という誘惑に抗しきれなかったとき、そうしてみたら、相当ラクになりました。

以来、自分の中のルールを緩《ゆる》めたのです。

冬場、寝室の冷たいベッドまで行くよりも、リビングでそのまま姿勢を崩し、床暖房で温まった床に背中をつける。それだけでとても休まります。

引き込まれるように眠っても、そのままずっとということはなく、長くても40分で目が覚めますが、それによる疲れのとれ方、リラックス効果は、カタイ床での仮寝という不十分な態勢からは考えられないくらい。

眠りも深く、起きるとおおげさなようですが、遠い国から帰ってきたかのようです。

寝落ちしたいときというのは、体が今すぐの眠りを欲しているのでしょう。行儀やルールを理由に、その欲求にストップをかけるのはやめました。「教育上の配慮がいる子供がいるわけでもないし、もういいんじゃない?」と。

ソファの上で横になることすら行儀が悪いようで抵抗があり、したことのなかった私には、たいへんな変化であり、年をとったからこそ自分に許せる「自由」かなと。

しなければならない家事なども、少し寝てからしたほうが効率がいいように感じます。眠いのをがまんしながらの作業だと、ひとり暮らしの私は、全部自分のための家事なのに、なんとなく「させられている感」がある。

休んでリフレッシュしてからだと、機嫌よくできます。

同じ30分の作業でも、眠いのをこらえながらするか、ちょっと寝てからにするかで、これまた大げさに言うならば、生活の質が変わるように感じます。

皮脂を取りすぎないボディケア

ボディケアで心がけているのは、皮脂を取りすぎないことです。

皮脂量は年齢とともに少なくなり、特に女性は男性より早く、30代から下がりはじめると聞きます。

若い頃はナイロンタオルでごしごし擦《こす》っていたのがウソのよう。ボディシャンプーの泡に全身を包むといった洗い方も、もうしません。

ボディシャンプーを使うのは気になるところに限り、あとはお湯で流すだけ。皮脂には肌を保護するバリア機能があるといいます。「皮脂の汚れはきちんとって、ボディクリームで補えばいいじゃない」という考え方もあるでしょうが、洗いすぎは保湿成分を含んだ角質も傷めるそうです。

先ほどの洗い方で肌トラブルはなく、今のところボディクリームを塗らないで、乾燥によるかゆみに悩まされずにすんでいます。

あるとき洗髪しながら、ふと思いました。体がそうなら髪のシャンプーも、控えめの使用でいいのでは。少なくとも毎回使わなくてもいいのでは。

正しい洗髪の仕方などには、シャンプー前のブラッシングと湯洗いとで汚れは90パーセント落ちると書いてあります。

ということは、汚れが気になったときだけでいいのでは？

髪のパサつきを感じはじめた頃でもあります。カラーリングは二ケ月半くらいに一度、パーマも年に何回かはかける髪です。

試しにシャンプーなしで洗い、指通りはスムーズでなかったのでコンディショナーはつけてからすすぎ、それで乾かしても頭皮がべたついたり、むずがゆかったりはしませんでした。

地肌のべたつきは、洗いすぎが原因のこともあるそうです。

洗いすぎで乾燥した肌が、バリア機能を持たせなければと皮脂を過剰に分泌する。そうとは知らず、ますます力を入れて洗うという悪循環に陥るケースが案外多いと専門医に聞きました。

そういう人に湯洗いをすすめると、最初のうちはまだ過剰分泌が続いて、べたつきや臭いが気になるけれど、しだいに改善され、フケやかゆみも治っていくとのこと。

シロウト判断は禁物ですが、洗いすぎの可能性も考えに入れていいかもしれません。

私はシャンプーをやめたわけではなく、平均して三、四回の洗髪に一回程度使います。

ずっと外出していた日は、排気ガスや埃や飲食店の油分などがつくのでしょうか、髪が重たく感じられます。ヘアセットの必要があり、整髪料を用いた日も同様です。

なので頻度を数字で決めずに、シャンプーで洗いたくなったら洗う、というようにしています。

半年ほど続けて、気がつけば、パサつきは相当に改善され、髪に弾力も出てきた感じです。地肌のトラブルはありません。

こまかな点をいえば、シャンプーでの二度洗いはしない。お湯の温度は低めに。いずれも皮脂をとりすぎない工夫です。

コンディショナー要らずの髪になるのが理想かと思いますが、洗い上がりのブラッシングをスムーズにするために、コンディショナーは使っています。

今、愛用しているのは馬油《ばーゆ》コンディショナー。その前は、湯洗いのみした濡れ髪に馬油のヘアオイルをつけてみましたが、まんべんなくのばすのが難しく、こちらのほうが全体にゆきわたります。

使い方のコツは、地肌にはつけず毛先を中心に、だそうです。馬油コンディショナーにおいてもそれを守っています。

「大人のおやつタイム」④
小ぶりのおはぎ

おはぎもまた、大人になって良さを発見したもの。こだわって言えば春のお彼岸にいただくのがぼた餅、秋のお彼岸にはおはぎ。子供の頃はよく食べていたけれど、ふつうの餅と違って粒々が残っているのに慣れないし、ご飯に甘いものをまぶして食べるのはどうもいただけなかったのです。

栗がほの甘い栗おこわや、粒々を楽しむ粟善哉《あわぜんざい》など、食の経験知を積むうちに、違和感はなくなりました。

昔のおはぎは大きくて、それだけでおなかがいっぱい。でも今は、小ぶりのものが売っています。あんの種類も、くるみ、紫イモなどいろいろ。美味しいものを少しずつ楽しみたい大人に合うものとなりました。

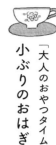

第4章

今日食べるものが明日の「私」を作る

腸活を
意識しながら
おいしく!

「ご飯」から始まる食生活を選んだ理由

一汁三菜。この言葉を聞いて、思い浮かぶ絵柄があることでしょう。ご飯と味噌汁、肉か魚をのせたやや大きめのお皿の脇に、野菜の小皿や小鉢。必ずしも三菜でなく二菜であってもいいけれど、目で見たときに、配置がなんとなく一定になる。

あれこれ試し、自分の身体の調子を感じながら、40代くらいからそういう食生活がバランスがいいように思い、微調整しながら今も続けています。

今は家庭の食事も、ともすれば居酒屋ふうになりがちといいます。刺身や枝豆といったつまみ的なものが、ちょこちょこっと。

年を重ねると食事を作るのもたいへんだし、「今さらがまんしなくてもいいだろう」と、好きなものだけを並べてすませがち。

気持ちはわかりますが、そこをもうひと頑張りして、テーブルの上を居酒屋ふうから、「定食屋さんのお盆の上」ふうの見た目に近づけるのが、バランスを整えていく方法です。

まずはお米のご飯を中心に据えてみる。炊くのが面倒なら、レトルトパックのものでもいい。すると、やはりご飯に合うものがほしくなる。ご飯にはビールよりは汁物かな。

作るのは面倒でしょうから、全部買ってきたものでもいい。ご飯とインスタント味噌汁と買ってきたおかずと。

私も30代のひと頃、お惣菜屋さんでよく買ってきました。作るのが面倒なのと、「仕事も忙しいし、調理に時間をとられるより、買ってすませてそのぶん体を休めよう」と自分なりに「健康」を考えてのことでもありました。

たしかにラク。でもじきに飽きます。

お惣菜は最初のひと口ふた口は美味しいけれど、味が濃すぎるのです。

この味をなんとか薄められないかと、買ってきたチンジャオロースに小松菜を茹でて混ぜたり、味噌汁もインスタントのものに豆腐を電子レンジで温めて加えたり。

そのうち、「自分で作ったほうが安いし、自分好みの味になるな」と思うようになりました。

惣菜も買うとけっこう高いし、それでいて必ずしも満足できないのが、もったいなく感じてきたのです。何より、惣菜用のトレーやパックの燃えないゴミがたくさん出るのには考えさせられました。

買ったものから始めても、自分で「ちょい足し」していくうちに、自分でもびっくり、ついに作るようになりました。

まずはお米のご飯を、というのは、私が炭水化物好きだからかも。健康のためというのを超えて好きです。

ご飯がいちばん好きですが、お正月にお餅を久しぶりに食べれば美味しいと思うし、ご飯よりは頻度がぐっと落ちますが、パンもパスタもたまに食べるとやはり美味しい。

ご飯は太るイメージがあるかと思いますが、実は繊維がたっぷり。便秘に悩む男性が女性よりも少ないのは、定食などでご飯をもりもり食べる中で、無意識に食物繊維もとっているからとの説もあるほど。

糖質制限ダイエットは、効果が出やすいので人気ですが、糖質が足りていないと体がエネルギーを使うとき筋肉から取り崩してしまうので、糖質もある程度はとったほうがいいとも言われます。

ご飯から始める食生活の健全化は、その点でもおすすめです。

腸活に効果大！　ぬか漬けライフ

私は40歳で虫垂のがんにかかり手術をしました。そのときに腸も少し切ったので、便通が不調になりやすく、腸活は体を整え、生活の質を維持するためにもとても大切です。

ぬかみそはほんの1グラムの中にも、さまざまな微生物が億単位で棲息していると聞きます。その代表例が植物性乳酸菌。

乳酸菌は免疫力を上げるというけれど、免疫力は効果がすぐにはわかりません。が、てきめんに感じるのは整腸効果です。

ビオフェルミンというおなかの薬を飲んだことはありませんか。その主成分は乳酸菌。病院でも整腸剤として乳酸菌製剤が処方されるほど、効果があるのでしょう。

私は家では少なくとも一日一回ぬか漬けを食べていますが、出張に行くなどして食べない日が続くと、便秘になります。日々の食事の中で習慣的に整腸剤をとっているようなものだったと気づくのです。

野菜のビタミンもぬか漬けにしたほうが、生で食べるよりむしろ増えるとのこと。うまみが増すばかりか、栄養価も高くなると。

ぬか漬けのいいのは、根菜を手軽にとれること。にんじん、大根、かぶなど漬けておけば、すぐ食べられます。

根菜は調理が面倒で、日々の食事に取り入れにくくなりがち。硬いので生で食べるにも切ったり、すり下ろしたりが必要だし、火を通すにも時間がかかる。

ぬか漬けだと洗って、粗く切るだけです。

食物繊維はたっぷり。乳酸菌とあいまって腸活の効果は大です。

ぬかみそを長持ちさせる秘訣は二つ。

一つ目は、冷蔵庫で保管することです。ぬか床ごと冷蔵庫に入れてしまいます。夏には傷むのでは？　留守の間どうしよう……といった心配は皆無。マンションなど密閉した住宅事情だと、夏の夜の暑さが半端でないので、冷蔵庫で作るのをおすすめします。

長く留守にするときは、私は三泊まではそのままで、四泊以上になると冷凍庫に移します。中の野菜は抜いて、ぬかみそだけの状態にして、ぬか床容器ごと冷凍庫に入れ、カチンカチンに凍らせるのです。

帰宅してから自然解凍させると、またふつうに発酵している。冬眠していただけという感じで発酵再開です。意外な強さに驚きます。

一日一回かき混ぜなくても、私の経験では二、三日に一回で十分です。

長持ちさせる秘訣の二つ目としては、こまめに水分を抜くこと。かき混ぜることより大事です。

大根やきゅうりを漬けると、かなり水分が出て、ぬか床全体が水っぽくなってきます。調理器具のお玉をぬかみそに押しつけると、じわーっと水が上がってきて、お玉のへりから流れ込んでたまります。

それを捨てては、押しつけることの繰り返し。水分が多いと雑菌が繁殖しやすくなるので注意が必要です。


三つ目は、新鮮なぬかを週に少なくとも一回は足すこと。

いりぬかでなくても平気です。一つかみでもいいから足すと、ぬか床がフレッシュになります。

ちょっとサボって放置してしまい、傷んだかもと思った場合は、ぬかみその色が変わった部分をとり除き、ぬかを多めに投入すると復活することもあります。

ぬか床の中では、腐敗するほうにはたらく微生物と、ぬかみそ本来の発酵をさせるほうの微生物とが、常に抗争を繰り広げているようなもの。悪玉が勝っていても、新たなぬかの投入によって勢いを盛り返す可能性があるのです。臭いがちょっとヘンかもと思っても、すぐにあきらめないことです。

調べると、ぬか漬けをおいしくするために柿の皮を入れるとか、ビール、パンの耳、鰹節の切れ端、魚の頭などと、いろいろな知恵があるようですが、あまり入れすぎないほうが腐敗はしにくい気がします。

生姜と唐辛子と昆布ぐらいが穏当でしょうか。私はふだん、ぬかと塩だけで作っています。

使いやすくて便利！タンパク質の宝庫「蒸し大豆」

蒸し大豆がスーパーなどでも手に入りやすくなりました。

豆にもいろいろありますが、大豆の特徴はなんといっても、畑の肉と言われるほどのタンパク質の多さでしょう。

筋肉のもととなるタンパク質を効率よくとりたいなら肉や卵とすすめられますが、大豆はカルシウムも多いので、骨量の減少してくる年代にある私は心ひかれます。

女性ホルモンに似た働きをするというイソフラボンも含み、更年期からは特に気になりはじめました。大豆を自分でもよく食べるというお医者さんによれば、肥満や「血管の老化」と呼ばれる動脈硬化の予防も期待できるということです。

大豆がいいとは前々から聞いていましたが、かつては主に乾物で、手軽にとれるものではなかった。「前の晩から水で戻す」というところに大きなハードルがありました。水煮も市販されていますが、栄養分の流出が多いと聞いて、「それよりは」と納豆を食べていました。

しかし、蒸し大豆が店頭に出回るようになって、状況は一変！

蒸し大豆は水煮に比べ栄養がぎゅっと詰まり、納豆よりも幅広く使えます。レトルト食品で賞味期限が長いものは特にありがたい。買い置きして、日に二回、三回と使っています。

使い方は、封を切って袋から直接振り入れる感じ。

味噌汁でも、ほうれん草のサラダでも、振り入れるだけで、いつもと同じに作れます。「大豆料理を作ろう」のような気負いはありません。

私は肉は身体的に苦手なので魚中心の食生活ですが、タンパク質を手軽に補えます。

高齢者の低栄養はしばしば問題になり、肉や卵を積極的にとったほうがいいともいわれ、私ももっと加齢が進んだらそうなるかもしれませんが、当面は魚＋大豆で行こうと思います。

魚＋大豆は骨粗鬆症《こつそしょうしょう》にもなりそうです。主菜にする魚のほかにちりめんじゃこを、蒸し大豆同様に常備しています。

骨密度を上げるには、カルシウムの摂取、運動、日光の三つが大事と聞きます。私の場合、日光はちょっと足りない気がしますが、あとの二つは励行。

片足立ち1分間で、骨への刺激はウォーキング50分にあたるといわれます。

婦人科ドックでオプションに骨密度の測定があります。筋肉は何歳からでも増やせるけれど、骨量はある程度の年齢からは増やすのは難しく、減りをなるべく遅くするのが、できることだそうです。私は同年齢の平均よりよい線を保てているという結果でした。

若いときに運動習慣がなかったので、もともとの骨量はそれほどよいわけではありません。だからこそ、今からできる努力で、落ちるカーブを抑えていこうと思っています。

塩とオリーブオイルでグリーンの野菜をたっぷりと

緑の野菜は「野菜をとっている」と実感できます。見た目にも元気が出ます。外食でとる機会が多いのは葉もののサラダですが、顎が疲れると感じることはないでしょうか。胃が弱めの私はことによく噛むからかもしれません。ゆでたグリーンサラダが、私の好み。生よりも咀嚼《そしゃく》に力を要さないのと、生よりたっぷりとれるため。

ゆでると損なわれる栄養がありますが、損なうものがなるべく少なくすむように心がけているのが、ひとつにはスピード調理。加熱しすぎないよう、頃合いに気をつける。

もうひとつが無水鍋での調理。ゆでるよりも「蒸す」のに近くなります。栄養が熱で壊れるぶんはいたしかたないにしても、ゆでこぼすお湯とともに流出することを防ぐのです。

無水鍋とは、フタの重さや形によって、中の蒸気を逃さず調理できる鍋。圧力鍋とは、圧のかからないところが異なります。

しくみ上、水を入れず野菜そのものに含まれる水分で調理できることになっていますが、野菜の状態や火加減によっては焦げるので、ほんの少々水を入れるほうが失敗がありません。「呼び水」のつもりで。

緑の野菜は色が命。きれいなグリーンを損なわないためには、蒸し上がったらすぐフタを取る。すぐ器に移し、オリーブオイルをまぶす。油膜がつややかな緑を保ちます。

グレープシードオイルは、油そのものがきれいな緑色でなおのこといいけれど、酸化しやすいのが難。

私の場合、多種類のオイルに手を出すと、どれも使いきれないうち変質してしまうとわかり、オリーブオイルとえごまオイルの二つに落ち着きました。

胃もたれしやすい私は、油脂の使用に注意深いのですが、ゆでた青物にはひと垂らしでもかけるほうが、喉ごしがよく、食べやすくなる気がします。和風のおひたしやごま和えでも。

緑の野菜をとっていると、季節の変化を感じます。

春を告げる菜の花。いわゆる菜の花に限らず、からし菜などいろいろな「菜」の「花」が登場します。次いでさや物、アスパラガス。

夏はモロヘイヤ、オクラなど、暑さに強そうなネバネバ野菜。鍋を火にかける気になれないとき、頼りになるピーマン。刻んで電子レンジで加熱します。

秋から冬は小松菜、ほうれん草など葉物が生き生き。そして寒い時期に旬を迎えるブロッコリー。近年出回るようになったスティック状のブロッコリーは、洗いやすくておすすめです。

風景が赤や黄に変じても枯れ色になっても、一年を通じて緑の元気をいただけるありがたさを感じます。

根菜類は蒸せばひとりでも気軽にとれる

根菜はひとり暮らしだと、ぬか漬けのところでも書きましたが、手を出しにくい食材です。

買って帰るのが重い、下ごしらえが面倒、火が通るのに時間がかかる、量的に持て余すといったやっかいなイメージ。間違ったイメージではありません。何も自分で調理しなくても、出来合いの惣菜を買ってくるのも大いにアリです。

私も買ってきたお弁当にきんぴらゴボウと筑前煮が入っていると「一回の食事にこれを全部作るのは考えられない」と思います。

ゴボウをささがきにして、水にさらしてアク抜きして、里イモの皮はピーラーですまないから包丁で、ぬめりと格闘しながらむいて、下ゆでして……。

逆に、きんぴらや筑前煮など、いわば「名のある」おかずを作ろうとしなければ、根菜はぐっと与《くみ》しやすくなります。

持ち帰り問題は、宅配で取るなり、自転車やカートで買い出しにいくなり、それぞれの方法で対処するとして、その先のやっかいごとを軽減するには、私は何を作るか決める前に、とにかく蒸すか、水煮か、どちらかをしてしまいます。

蒸すのが圧倒的にラク。

洗ったゴボウ、ニンジン、里イモ、じゃがいも、れんこん、なんでも大ぶりに切り、圧力鍋に入れるだけ。圧力鍋に付属のスチームかごに入れ、かごにつかないくらいの水を入れます。

火が通るまでの時間は切り方によりますが、湯気が出はじめてから試しに5分でタイマーをセットしてみましょう。あとは箸をさしてみて、硬さにより追加。

里イモの皮をむかなくてすむのが何よりラクです。皮に包丁で軽く切れ目を入れておくと、蒸し上がったら、皮を押すだけで面白いように滑り出ます。ぬめりが出るので、他の根菜と分けて蒸すほうがベター。他の根菜を先にして、そのあとに蒸せば、間で鍋を洗わなくてすみます。

里イモ以外も皮つきのまま。私が無農薬野菜を好んで買うのは、皮をむかなくてすむという実利のためが大きいです。

蒸し上がった根菜は、調理なしで食べられます。そのままでも、塩だけ、あるいは塩とオリーブオイルだけでも相当おいしい。醬油味でないれんこんの味を、私はこの方法で初めて知りました。繊維がありながらホクホクです。

まとめて蒸して余ったぶんは、冷蔵庫で保存し、さまざまに活用。汁物にも炒め物にも、煮込みうどんの具にも。レトルトのカレーに加えてもいいし。

まるのままの姿を生かしたいサツマイモも、他の根菜と分けて単独で。こちらは圧力鍋でも少々時間がかかり、私は15分から試します。蒸し上がったら、すぐに蒸気を抜いてフタをとる。放置すると水を吸ってホクホク感が失われがち。

生の根菜から名のあるおかずを、そのつど作るのはたいへん。手間をかけない方法で、気軽にたっぷりととっています。

ストック用食品を使いながら繰り回していく

50代に入ってからは、ものはなるべく持ちすぎないようにしており、食品についても同じ考えでした。

米、乾物、調味料以外は一週間で使い切る。スーパーへ買い出しにいくのがたいてい土曜。金曜には冷蔵庫が空になるのが常でした。

ストック用の食品も念のために買い置いていましたが、いずれも期限が切れていることに、だいぶ経ってから気づいて処分。数年間、出番がなくてすんだのはつつがなく過ごせたからで、感謝しつつも、やはり後ろめたいものです。

そのスタイルに修正を加えたのは、相次ぐ災害やコロナ禍です。

ある年の台風のあと、近くのスーパーに非常用の食品が売り出されていて「こういうものも要るな」と感じました。並んでいたレトルトおかずのうち、魚食の私はサバの味噌煮とブリ大根を購入。

乾パンに代えて、缶詰めのブリオッシュ。乾パンは非常時以外に食べる機会がなさそうですが、ブリオッシュなら賞味期限が近づいたら、お茶菓子にしようと。

コロナ禍では、ひとりで具合が悪くなったときのために、レトルトのお粥と経口補水液を買い足しました。

これを機に、よく聞いていた「ローリングストック」に切り替えよう。

ローリングストックは、いつもの食品を多めに買い置き、食べたぶんだけ補充するもの。でもひとり暮らしには向かないかと思っていました。

お弁当を作らないといけなくなったり、帰りが遅くなってすぐ家族のおなかを満たさないといけなかったりするファミリーは、日頃から不測の事態に備え、加工食品や半加工食品をある程度の余裕を持って買っていそうですが、私は自分の食べる分だけ。加工食品はなるべくとらないほうがいいのかと、ほとんどが生鮮食品。買い置きに向きません。

おひとりさま、しかも魚食と、やや偏食の私でもローリングストックは可能なのです。

いわしのオリーブオイル漬け、オリーブオイル使用のツナ缶、レトルトの蒸し大豆や野菜カレー、乾麺。もちろん非常時になったら選り好みはしませんが、備えをするとき自分の食のスタイルに合わせてできるのは、無駄にしない安心感があります。

意外なのが、冷凍食品もローリングストックになるという話。

冷凍食品は災害時にもっとも向かないものと思っていました。電子レンジが使えず、解けてどんどん悪くなるのでは？　でも自然解凍や湯煎で食べられるものがあるし、満杯の冷凍食品は互いが保冷剤の役割をして、季節にもよるけれど、そうすぐに悪くなるものではないそうです。

市販の冷凍食品は皆無の私の冷凍庫ですが、調理済みのうどんくらいは買っておいていいと思いました。風邪ぎみとか疲れでキッチンに立ちたくないとき頼りになりそう。非常時、平時、両用役立つストックです。

「大人のおやつタイム」⑤

生のパイナップルでリフレッシュ！

私がよく買っていたのはカットのパイナップル。あるときそれが売り切れていて、まるのままを買ってみたら思いのほか簡単。トゲつきの皮がいかにも硬そうですがラクに包丁が入る。横半分に切ってから、断面を下にして立て、上から皮をザクッと断ち落とします。中心の芯を切り落とし、食べやすい大きさにカット。

冷蔵庫に保存しておけばいつでもつまめるし、ジュースのような甘酸っぱさが口の中に広がって、喉の渇きも癒えるよう。私の夏の常備スイーツ。カットしたものを買うより日持ちがするのでおひとりさまにピッタリです。

この頃は包丁要らずのパインも出回りはじめました。別名を手ちぎりパイン。トゲひとつ分の皮をちぎって引けば、果肉がついてきてきれいに取れます。

「大人のおやつタイム」⑥
一個買いで食べ切る桃

果物は数個パックで売られていたり、また一個があまり大きい場合も、ひとりだと持て余してしまうと尻込みしがち。でも意外とだいじょうぶなのが桃です。果肉はジューシーでやわらかく、喉ごしもよく、食べ切ることができています。

やわらかいため、切るのに気を使いますが、よい切り方を教わりました。縦のくぼみに包丁をあて、刃が種に達したら、そのままくるりと一周。次に十字をなす向きに包丁を入れて、もういちど一周。全体を両手で包むように持ちやさしくひねると、四つに割れて、きれいに種が外れます。

最近は果物も、パックでなく一個を買える店が多くなりました。おなかにもお財布にも負担が少ない、おひとりシニア仕様です。

第5章

60歳が近づくと病院に行くことが少しずつ増えます

不調とのつき合い方

他人ごとではない脱水症状

脱水症状という言葉は、熱中症の関係でよく聞くようになりましたが、二つの大きな誤解がある気がします。一つは、夏になるものという思い込み。もう一つは、水を飲めばいいだろうという思い込み。そう思っていると危険です。

脱水症状は、冬も注意が必要です。熱中症でなくても起きるからです。冬に流行るノロウイルス。下痢や嘔吐で体液が失われるし、下痢や嘔吐がさほど激しくなかったとしても、食事をとれないことそのものが、脱水症状につながります。体内の水分の欠乏に加えて、塩分の不足も大きいのです。

私はこの数年で何回か、脱水症状のこわさを身をもって知りました。最近では、ある薬の副作用で胃潰瘍になり、食事をあまりとれない状態が続きました。そのうち、めまいがしてきて、ふらつきがひどくなり、ほうほうの体《てい》でかかりつけのクリニックに行き、点滴をしてもらって治りました。

その点滴は先生がおっしゃるには「要するに食塩水」。体の中の水分は、単なる水ではありません。ナトリウムイオンやカリウムイオンといった電解質が溶け込んでいます。水分とともに電解質も失われます。

脱水というと水だけを補えばいいと思っている人が多いけれど、塩分もとり電解質を回復させないといけない。普通に食事をしていれば、塩分も自然にとれているけれど、食事をとれていないと、体内の塩分が少なくなる。

下痢や嘔吐をしていないから大丈夫と思わずに、水と塩分をしっかりとってください。特にＯＳ１などの「経口補水液」を早いうちからとるようにと言われました。

高齢になると、若い人と違ってもともと体の水分が少ないことに加えて、のどの渇きに気づきにくく、自分で思っているより脱水ぎみになっていると聞きます。いわゆる「かくれ脱水」です。

そこへ間違った知識で、水だけを飲んでいると、体内の電解質を水で薄めることになり、電解質の濃度がより下がって、むしろ危険。

外国のマラソン大会で、それで亡くなった人がニュースになりました。大量に汗をかいて塩分が失われるのに、給水ポイントで文字どおり水だけをとっていたようです。


私は塩分の不足に弱いようで、先ほど述べた胃潰瘍より前に、感染性胃腸炎になったときにも脱水症状に陥りました。朝から胃がムカムカして飲みも食べもせずに半日寝ていました。

そのうち、トイレへ立つにもふらつき始め、これはなんだろうと思っているうちに、めまいがひどくなり枕から少し頭を上げても吐き気をおぼえ、結局、脱水症状だったということが、駆け込んだ病院で点滴をしてもらってわかりました。

その経験があったので、胃潰瘍のときも脱水に気をつけていましたが、結局はかかりつけ医で点滴をすることに。塩分は自分で思っていたよりもずっと多くとらなければならなかったようです。

大人だと経口補水液を一日500CCから1000CCくらい必要とのこと。気持ち悪さが進むと、口から飲んでも、吐いてしまって入らなくなるので、早め早めの対処が必要です。


経口補水液を日頃から備えておき、飲食ができていないときは、のどの渇きをおぼえなくてもとり始めるのがいい。もしふらつきを感じたら、自力で行けるうちに近くの医療機関に行きましょう。

私の最初のときは、朝から胃が不調で飲食を控えているのに、それでもどんどん気持ちが悪くなり、夜になって「このままではまずいかも」と不安になり、それから救急外来へ。

遅すぎました。もっと早くに近くのクリニックへ行けば、大ごとにならなくてすんだと思います。

受診したら、脱水症状かもしれないことをすぐに言いましょう。単に「気持ちが悪い」だと、胃薬を処方されて帰されてしまいかねません。そういうことも、実際、私は二回ありました。

目安としては、口の中が粘つくときなどは、脱水を疑うこと。そう看護師さんから聞きました。脱水への意識はもっと強く持ちましょうと、経験から呼びかけたいです。

お試し受診でかかりつけ医を見つける

今、かかりつけ医を持っている人はどれくらいいるのでしょうか。

外で働いている人は、勤め先の健診を受けて、何かあればそこから病院を紹介されるでしょうし、ふだんの風邪や腹痛などは市販の薬ですませてしまうこともあるでしょう。

ですが、何かあったときに、たとえば大きな病気をしたときなどに、スムーズな受診へつなげるためにも、かかりつけ医、日頃からよくかかるお医者さんをできれば身近に持っているほうがいいと思います。

私の場合、家で仕事をしていることが多いので、とにかく家の近くで歩いていける範囲にかかりつけ医を見つけることにしました。

では、どう見つけるかです。

町のお医者さんだとよく、クリニックの看板に「内科、消化器科」とか「内科、循環器科」とか書いてあります。「内科」の次に書いてあるのが、その先生の得意分野というか専門分野と考えていいと思います。

私は一度消化器の病気をしているので、ふだん町を歩くときにも病院の看板を見ていて「内科、消化器科」と書いてあるところにいくつか目星をつけておきました。

そして、目星をつけたクリニックのホームページを見てみます。

先生の経歴で、クリニックを開業する前に、たとえば都立の某病院の消化器科にいたとあると「大きな病院で多くの手術も経験しているのだろう」とか、アメリカの某大学に留学とあると「どちらかというと研究のほうを歩んできたのか」とかと推察します。

先生の所属学会が書いてあることもあります。「大腸肛門病学会」とか「内視鏡学会指導医」とか書いてあると、この先生は消化器の中でも、胃より大腸の病気に特に強いのかなとか、指導医をつとめるくらい、内視鏡が上手なのか、と。内視鏡は消化器でいうと、胃カメラとか大腸カメラですね。

そんなふうにして自分が弱いところや気になっているところに詳しそうな先生を探します。

候補のクリニックを絞ったら、次に「お試し受診」です。「お試し」というと、先生には失礼ですが、よくある不調、たとえば風邪や腹痛などのときに、時間を作って候補のクリニックに行ってみます。

自治体のがん検診などだと「地域のここのクリニックに行ってください」などといくつか挙げられているので、そうした機会に自治体の健診を委託されているところへ行ってみるというのもいいでしょう。

ホームページなどで調べた文字情報とはまた別の、対面してのフィーリングというか、話しやすさなどの相性がわかってきます。

かかりつけ医を持つ三つの利点

かかりつけ医のあるよさは三つあります。まず一つ目は、よくある病気が早く治ることです。市販の薬で対処してしまいがちな風邪や腹痛も、クリニックで出してくれる薬のほうが効くことです。

長々と市販薬を飲んでいるよりは、なんとか時間を作ってクリニックに行ってしまったほうが、結局は早く治る。これは多くの人が言うことですが、私もそう実感します。

二つ目はお医者さんとのコミュニケーションの練習になるということです。治療には、医師との間のインフォームドコンセント（説明と同意）が必要ですが、大きな病気になって気が動転しているときに、いきなりコミュニケーションの本番となるのはたいへんです。とりあえず命に別状はなさそうなことで受診の際に練習しておけると、いざというとき慌てません。

たとえば風邪で受診したとき、「いつごろからどういう症状がある」「自分はこういうアレルギーがある」とか、自分からの情報提供をします。

先生からもいろいろな説明があります。「この薬は症状のあるなしにかかわらず全部飲みきってください」「こっちの薬は治ったらやめていいです」とか。

そうした先生の説明を聞く練習にもなります。そして、できればメモをとりましょう。日頃からメモをとりながら聞くのがふつうのことになっていれば、大きな病気ではじめての先生にかかるときも、自然にできます。

医療機関にかかるときに何を持っていくかも、身につきます。保険証はマストですが、二回目からは診察券もいる。お薬手帳や筆記用具も持っていったほうがいいとか、いざ病気となったときに、必要なものをパッと揃えられます。

がんの医療フォーラムなどで聞いたのは、家族や親しい友人のいる人は、できれば一緒にその練習に参加してもらうとよいとのこと。

ひとり暮らしだからとひとりで受診して、そこで受けた説明を家族や親しい友人に話すと、自分のわかっていないところがよくわかります。

薬をいくつかもらってきて「こっちの薬は治ったらやめていいの？」とか聞かれて、あれ、どっちだったかな。意外とわかっていないことが出てきます。家族や友人もまた、大きな病気になったときの心構えができると思います。

かかりつけ医の利点の三つ目は、大きな病院で処置しなければならないときに、かかりつけのクリニックから病院へ連絡をとってくれることです。

具合が悪くなっていきなり大きな病院に行こうとするとたいへんです。どこに行ったらいいかわからない。また紹介状がなくて行くと余計にお金がかかったり。

紹介状という呼び方が誤解されやすいと思うのですが、いわゆるコネみたいなものではなく、医師から医師へ情報を提供するものです。かかりつけ医での診察結果が、持っていった先の病院に伝わります。

私は昔の手術の後遺症で腸閉塞が起きやすく、そうなると大きな病院で処置を受けなければなりません。以前は手術した病院まで、タクシーに1時間近く痛みをこらえながら乗って駆けつけていました。

近所にかかりつけ医を持ってから、「腸閉塞がまた起きかけているかも」と思ったとき、まずクリニックへ行きました。

すぐに「とりあえず診断をつけちゃいましょう」とレントゲンを撮って、クリニックの前まで救急車を呼んでくれました。搬送先の病院へも、「今からこういう患者さんが行きます」と先生自ら電話してくださったのです。

自分で救急車を呼んだこともありますが、具合の悪いなか、既往歴や手術のことを救急隊員に説明し、受け入れ可能な病院を探してもらうのに、たいへんだったし、時間もかかり、心細さは増すばかり。

かかりつけ医を通すと、こんなにスムーズなのかと驚きでした。大病院へかかる際も頼りになるのです。

人間ドックもかかりつけ医でカスタマイズ

ある程度の年齢になると、人間ドックを受けなければという気になるもの。私もそうで、どこで受けようかと探し始めて、大きい病院の人間ドックを調べたら「二十何万円もするのか！」と驚きました。

受診にはつながりませんでしたが、どういう検査をするのかが一覧表になっていたので、とりあえずそれをプリントアウトして、他の病院のホームページも見て、なんとなく比較していました。

人間ドックに力を入れている病院には、検査の画像も複数の医師がチェックすることをうたっているところもあり、迷います。

よく行く漢方クリニックで大病院での勤務経験もある医師に聞いてみました。人間ドックを受けようと思っているのだけど、どこがいいのかわからないと。

その先生は、調子が悪いときにそのつど、かかりつけ医のところで検査を受けているとのことです。胃が痛いときに胃カメラをしてもらったり、咳が続くとき肺のレントゲンをとってもらったり。

症状のあるときだと保険が利くので安くすむ。でも、たびたび行くのは面倒で、人間ドックのように一日ですませたいのならば、かかりつけ医のところで、そこにある機械でできるかどうか聞いてみたらと言われました。

自分なら、この人はよく胃が重いと言って受診するなとか、弱点をわかってくれているかかりつけ医のほうで検査することを選ぶと。

人間ドックは大病院でするもの、と思い込んでいたので、近くのクリニックでもできるかも、というのが意外でした。

かかりつけのクリニックに相談に行きました。大病院の人間ドックの検査項目一覧表を見せて、「人間ドックのような検査を受けて健康管理していきたいですが、先生のところではどれができますか」と訊ねました。すると、だいたいできることがわかったので、そこで受けることにしました。

私がしているのは、胸部レントゲン。腹部エコー、超音波で肝臓や膵《すい》臓、胆嚢などを見る検査。心電図、胃カメラ、大腸カメラ。ＣＴはそのクリニックでは撮れませんが、大病院の人間ドックの基本コースに入っているものは、たぶんカバーできています。血液検査もクリニックで血液を採取して、専門機関に送ると一週間で分析結果が戻ってくる。町のクリニックでほぼできるとわかりました。遠くまで行かなくてすむし、待ち時間もほとんどなくてとてもラク。


大病院では検査ごとに担当者が変わりますが、クリニックでは同じ先生と顔なじみの看護師さんです。胃カメラの前に、胃の中の泡を消す薬を飲むときも「これ苦いですよね」とか、ちょっとした声かけがあって、安心できる雰囲気の中で検査を受けられます。

「胃カメラは毎年で、大腸カメラは二、三年にいっぺんにしましょうか」などの融通も利きます。肝臓、胆嚢、膵臓を見る超音波では「知り合いに膵臓がんになった人がいて、私もなんだか心配になりました」と言って、念入りに見てもらいました。

心電図では「最近ときどき、脈がとぶような感じがあるんです」とか話したり。気になることを伝えながら受けられるのがすごくいいです。「通りいっぺんで過ぎて、あんまりよく診てくれなかったのでは」とあとで思うことがありません。

人間ドックに関しては、あまりあっちこっちと「お試し受診」せず一つのところで結果を積み重ねていくのが大切です。そうすると先生も、

「この数値がずっと安定していたけど、今年はちょっと増えましたね」

「こちらの数値は今年の血液検査で高めという注意は出ているけれども、それまでもずっと高かったから体質的なものですね」

とかいうふうに見てくれる。

私の特徴をつかんだうえで推移に注目してくれるのです。

ＱＯＬの視点で選んだホルモン補充療法

妊娠出産をしなかった私は、婦人科にかかる機会がなかなかありませんでした。婦人科は縁遠いものと思っていたところ、たまたま仕事で女性クリニックの先生と対談の機会があったのです。

ホルモン補充療法というものをその先生はすすめていました。女性は閉経前からホルモンの量が変わってきて、さまざまな不調が出てくる。いわゆる更年期症状です。それを緩和することはもちろんのこと、老後の介護リスクを下げることにもつながると。

女性ホルモンが少なくなると骨密度が下がり、骨粗鬆症対策になりやすいと言われています。そこで、女性ホルモンを補うことで骨粗鬆症を予防し、骨折から寝たきりになって介護というリスクを下げるというのが一つ。

そしてもう一つ、認知症のリスクも下げることが期待されているのだと。

認知症は、女性は男性の二・五倍多いそうです。女性が男性よりも長生きだからというのはすぐに考えつきますが、女性ホルモンが途中で減ることも関係しているのだと。

女性の認知症は急激なカーブで増えるけれど、ホルモン補充療法をしている女性は、男性並のゆるやかなカーブにまで落とすことができると聞きました。

認知症のリスクを下げるという可能性にはとてもひかれて、私も更年期にさしかかっていたので、試してみることにしました。


クリニックでホルモンの値を測ります。これがスタートです。

確かに年齢相応に減っており、「これで補いましょう」という飲み薬を、先生が処方してくれました。保険が利いて、だいたい三ケ月分で千数百円という感じ。経済的負担は少ないです。

認知症が現れるには早い年齢なので、実際にリスクを下げているかどうかはわかりませんが、目に見えて変わったのは乾燥が改善されたこと。

ホットフラッシュをはじめ更年期症状でよく聞く頭痛、気分の落ち込みは、私は経験せず、コリや疲労感は変わりないので、症状らしきものはなしにその時期を過ごしたと思っていました。

ホルモン補充療法を始めてみて感じたのは、皮膚が乾燥していたなと。セーターやTシャツの脱ぎ着で生地が顔にあたるだけでも、痛いような感じだったのが、そんなことはなくなりました。乾燥が、私の更年期症状だったようです

乾燥がやわらいで、気のせいか顔の法令線も、ホルモン補充療法を始める前のほうが深かったような。

不謹慎な表現ですが「これって飲む美容液だな」と思います。美容の目的は全然なかったのですが、肌の状態ははからずも改善されている気がします。

将来的な効果は未知数ですが、現在にとっての恩恵は、婦人科に通う習慣ができたこと。ホルモン補充療法では三ケ月に一度お薬をもらうのですが、すると、

年に一回は検査をしましょうという流れになり、婦人科と乳腺外科の検診を欠かさず受けるようになりました。

ひところはホルモン補充療法は乳がんのリスクを上げると言われ、いろいろな説があるようですが、少なくとも検診を定期的に受ける習慣ができると、早期発見ができます。私はむしろそちらのほうの恩恵を感じています。

続けてきてもうすぐ60歳。ホルモン補充療法なしにこの年齢ほ迎える状態と比較できないため、確かなことは言えません。肌の衰えは進みました。

が、気分の落ち込みはいまだにないこと。「疲れた」とは言いながら、仕事に、家事の工夫に、趣味のジム活にと、高い意欲を保てていることは、ホルモン補充療法のおかげがありそうに感じています。

女性クリニックで婦人科検診

前述しましたが、女性特有の病気の検診は、人間ドックとは別のところで受けています。そこは、女性クリニックで、婦人科と乳がん検診の両方をいっしょに受けることができます。

経済的な負担が少なくてすむのは、自治体の子宮がん検診と乳がん検診ですが、毎回違う日に、それも平日の昼間に受診はできないという人もいるでしょう。

そうした人には女性クリニックに行くのをおすすめします。

時間が合わないために検診を受けずに過ごし、早期発見のタイミングを逃してしまうのが、いちばん残念です。

今は「NPO法人　女性医療ネットワーク」というものがあり、ホームページ(https://cnet.gr.jp/)の「MYドクター検索」から、クリニックを探すことができます。

ひと口に女性特有の病気といっても、いろいろな検査項目があります。

私が年に一回受けているのは、経膣エコーという、膣から超音波で子宮と卵巣の状態を調べる検査。必要に応じて、子宮の細胞を取って調べる検査や、内診もします。

乳房については視触診のほか、マンモグラフィと超音波の両方を受けています。費用は全部で四万円を切るくらいです。

マンモグラフィは、乳腺が発達している若い世代はがんが映りづらいとか言われますが、乳腺が密かどうかは人によっても違うでしょう。クリニックでは必ずしも年代で区切らず、その人に合わせた提案をしてくれます。

更年期世代にはその頃から多くなる子宮体がんの検査が組み込んであり、年代別、ライフスタイル別でおすすめのコースがあって、その中から自分で選んだり、先生から「これをプラスしておきましょうか」という助言があります。

所見に基づいての提案もあります。先ほど述べた細胞診も、予約では超音波だけだったけれど、超音波で見えた形からして「念のため取って調べておきましょう」とその場で追加になりました。

私から申し出て、骨密度を調べてもらったこともあります。そのときの状況や希望で自由にカスタマイズ。基本コースにオプションとしてつけられる、いわば単品メニューがあるのです。

私は近くのかかりつけ医と女性クリニックとの、いわば二本立てですが、一本立てか二本立てか、人それぞれの利用の仕方ができます。

歯医者には虫歯がなくても定期的に通う

かかりつけを決めてよかったと思うのは、歯科も同様です。昔治療した虫歯の詰めものが取れると憂うつなもの。私も取れたとき「どうしよう」となって、内科のかかりつけ医を探したときと同様に、近くの歯科を調べることから始めて、探し当てました。

加齢とともに気をつけなくてはならないのが歯周病。大人になってから歯を失う原因は、虫歯よりもむしろ歯周病だといいます。

歯周病を防ぐためには、歯茎を清潔に保たないと。歯と歯茎の間に汚れが残ると、歯周病を引き起こすそうです。歯磨きのときブラシの先でかき出すようにはしていますが、自分だけでは取り切れない汚れが残ります。

詰めもののとれた歯の治療を終えたあとも、三、四ケ月に一度の割で定期的に通い、歯のクリーニングをしてもらっています。歯医者さんでのクリーニングをオフィスクリーニングと言い、日頃の歯磨きをホームクリーニングというらしく、両方を行っていくことで歯周病から歯を守れるようです。

歯の健康に力を入れるようになったのは、これもやはり介護予防という気持ちから。いろいろな本や記事で、残っている歯の本数と認知症になるリスクとが関係すると読みました。統計的に、自分の歯が多く残っているほうが認知症になることが少ないとか。

詳しいしくみはわかりませんが、自分の歯でしっかり噛むことが大事らしいと感じました。

歯の健康に関し、こういうこともあるのかと驚いたのは、白板症《はくばんしょう》という病気を、かかりつけの歯科で見つけてもらったことです。いわゆる前がん病変で、放っておくとがんになるかもしれないし、ならないかもしれないもの。

痛くもかゆくもないので、自分ではまったく気づきませんでしたが、いつものクリーニングに行ったとき、上あごの皮が部分的に白いことを指摘されて、念のために調べておいたほうがいいと、大学の付属病院を紹介されました。

細胞をとって検査したところ、白板症ではあるけれど、まだ程度が三段階のうちの二なので、このまま経過観察で何も起きなければ放っておいてもいいし、もっと進んだら、そこだけ切除することも考えましょうと。

一度がんの手術を受けているので、がんにはわりと気をつけて、内科、婦人科と検査を受けていたけれど、口の中のがんまでは考えが及びませんでした。そういう病気があるとは知らなかったし、自覚症状がまったくなくても起きるものだなと思いました。

歯医者に定期的に通っていたからこそわかったことです。専門家の目にときどきふれることの恩恵を、改めて感じました。

加齢とともに変化する歯並び

自分の体の中で骨と歯ほど硬いものはないように思えますが、本当でしょうか。歯医者さんで聞くと、実は歯はよく動くものらしいです。

私はあるときから前歯の間が開いてきたことに気がつきました。

年齢とともに歯茎が弱ってきたから前歯の間が開いてきたのかなと思って、歯医者さんに相談しました。すると、もちろん歯茎は弱くなるけれども、前歯の間が開いたのは、加齢の影響ではなくて、むしろ生活習慣の蓄積によるものでしょうと言われました。

「たとえば、何かをするときに力を入れて、舌を前歯に押しつけていませんか。無意識に舌を押しつけていると、その力によって前歯の間が広げられてきてしまうのです」

舌には正しい位置というのがあって、上あごの少し奥まったところへ舌の先を当てておくのだそうです。舌の位置に気をつけるようにとのこと。

もし気になる場合に、歯の矯正はできるのかと聞きました。

「もちろん矯正はいくつになってからでもできる。でも矯正のワイヤーで引っ張る力よりも、クセによって常にかかっている力のほうがずっと大きい。矯正で歯の間を狭めたとしても、習慣が同じままだったらそれは一時的に終わって、また元に戻るだけ。習慣を改めるほうが結局は早道だし、確かです」

そう言われました。

私が驚いたのは、自分の舌のクセぐらいで歯並びって変わるものなんだ！　ということ。

舌と同様に、噛みしめとか食いしばりとかも、歯への影響は大きいそうです。特に寝ている間は力がコントロールできないので、体重の数倍もの力が歯にかかることがあると聞きました。食いしばりで歯が割れてしまうこともあると。

私も寝ているあいだにかなりの力がかかっているようだと歯医者さんに言われました。歯の内側にある骨が隆起してきているのは食いしばりのためだと。

強い力がかかり続けると歯を傷めるし、歯並びもそれによって変わると聞き、「ナイトガード」という寝るときだけつけるマウスピースのようなものを作ってもらいました。

上の歯だけにかぶせて装着するもので、ラグビーなどのスポーツ選手がしているマウスピースよりずっと薄く、色は透明なのでつけることはあまり気にならない。弾力のある樹脂でできていて、嚙みしめでかかる力を分散するとのこと。しばらくして受診すると、歯のすり減りも少なくなったと言われました。

その体験から、自分でも知らないうちに歯ぎしりや嚙みしめ、舌のクセで歯に負担がかかっていることがわかったと同時に、大人になってからも、そんなに歯が動くというのも驚きでした。

年をとってからも歯の健康を守り、ひいては介護リスクを下げるためにできそうなことはいろいろあると、改めて思いました。

お薬手帳の大事な役割

お薬手帳はお持ちでしょうか。私はあるときからお薬手帳の大事さに気づいて、寝るときはいつもそばに置いています。ベッドに付いている引き出しに、緊急のときに行く大きな病院の診察券といっしょに入れています。

東日本大震災のあとに、少なからぬ医師や薬剤師から聞きました。医療関係者がお薬手帳を見ると、緊急で運ばれてきた患者さんでもどんな既往症があり、どんな治療をしてきたのかが、だいたいわかるのだそうです。

大きな災害になると、自分が通っていた病院に行けないこともある。通信システムが破壊されて、元の病院に照会することもできないかもしれない。あるいは通院していた病院が被災し、コンピュータも破損して、自分のデータそのものが取り出せなくなるかもしれない。

そういうとき、あのアナログな紙のお薬手帳は、たいへんなバックアップ機能を持つそうです。今後地震の起こる可能性が高いといわれる静岡県でも、「地震災害　お薬手帳があなたを守る！」として、所持を奨励していました。

私はひところ医療フォーラムなどで、病院に行くときには「健康保険証と診察券に加えて、メモをとるための筆記用具を必ず持ちましょう」という啓発活動をしていました。メモをとる大事さを特に伝えたかったからです。

あるとき、講演の終わったあと、被災地から参加していた薬剤師さんが来て「あれにもう一つお薬手帳を足してください」とおっしゃいました。本当にそうだなと不明を恥じました。

お薬手帳が身を守るのは、災害時だけではありません。飲み合わせに注意の必要な薬や自分に合わない薬を知っておくためにも大切です。

脱水症状のところで、薬の副作用から胃潰瘍になったことを書きました。のどの炎症のために出た薬ですが、お薬手帳を読み返してみると、あのとき胃を悪くしたのは何という薬だったなどがわかります。

その後、脱水症状になり、別のところで点滴をしてもらったわけですが、「どこでどんな薬が出て、どんな処置をしたか」を全部、自分の口で正確に言うのは大変。お薬手帳と医療費の明細書を見せたら、話がとても早かったです。

ただでさえ具合の悪いときに、自分で整理して把握したり、説明したりする負担を減らしてくれました。


お薬手帳だけでもかなり伝わりますが、複数の病院に続けて行くときは、医療費の明細書もいっしょに持っていくのをおすすめします。院内でした点滴などは、お薬手帳には記載がありませんが、明細書でわかります。

お薬手帳と、救急外来のある病院にかかったことがあるならそこの診察券、休日夜間診療所一覧表をセットにし、寝室に置いておくと安心です。

私は財布などを入れたバッグインバッグと、スマホの充電器もベッドの近くに置き、いざとなったらそれらを持って出かけられるようにしています。

「結膜下出血」から自分の弱点に気づく

年齢が進むと乾燥に弱くなってくるなと、肌や髪にふれるたびに感じます。目についても同様です。今は皆さん、パソコンやスマホをするので余計、ドライアイの傾向があるかと思います。

目の白目が真っ赤になっている人を見たことありませんか。「結膜下出血」というもので、白目をおおう結膜のすぐ下にある毛細血管が切れて、出血した状態です。充血といわれる、細かな赤い線が入る感じではなく、べったりと赤い面になるのです。

私もあるときそうなって、とても驚きました。何ごとかと思い、急いで眼科に行ったら結膜下出血でした。

若い人でもなりますが、加齢とともに増える傾向にあるそうです。痛みやものが見えにくいなどの症状はなく、言ってみれば鼻血のようなものと聞きました。困るのは、真っ赤で目立つのに、治す方法は特にないこと。二週間くらいかけて自然に引くのを待つしかありません。

間接的に予防する方法はあるようです。医師によれば、目の表面が乾燥していると血管が切れやすいそう。ドライアイ用の目薬を処方してもらい、日頃から差す。冬は加湿器を置いて目に触れる空気の乾燥を防ぎます。

それと鼻血と同じで、のぼせると切れやすい。興奮したり運動したり、咳込んだり重いものを持ち上げたりした拍子にも切れやすいとのこと。

繰り返すうち、自分が血管が切れるときの傾向がつかめてきました。私の場合、運動では起こりません。よく起こるのは、初対面の人たちと会って何かするときや、大勢の人といっしょにいるとき。

一種の興奮状態というか、楽しくはあってもやはり緊張していて、自分が思っている以上に頭に血が上っているのだと思います。漢方で言う「上実下虚」の状態でしょうか。

私はわりと、誰とでもその場を雰囲気よく過ごせるほうと思っていたけれど、気づかないところで無理はしているんだな、社交というものに弱いんだなとわかりました。自分の弱点の気づきです。


社交は避けて通れませんが、たとえば続きすぎないようにする。

社交の最中も「今、私は思っている以上に興奮しているのだ」という意識を持って、息を吐いてリラックスを試みるとか、サービス精神全開にして振る舞わないとか、その辺の自己コントロールを身につけていこうと思います。

結膜下出血を直接に防ぐ方法はないけれど、起こりやすいパターンを自分で探って、それを注意して避けることはできそう。自分にストレスをかけない方法を身につけていけるかもしれない、そう考えています。

「大人のおやつタイム」⑦
アイスの二つの楽しみ方

高級アイスクリームを知った身でも、ときどき無性に食べたくなるアイスキャンデー。真ん中に平べったい木の棒が挿さっているもの。うんと暑い日に駅から家への途中にあるコンビニに寄り、つい買ってしまうことがあります。袋を破り、店内のごみ箱に捨てて歩き出したら、もう後には退けません。一心にかじる。食べかけなのに暑さでゆるみ、棒から外れて道に落ちてしまい、情けない思いをしたことが、その昔あったっけ。親にないしょで買い食いをして。

もちろん買って家で食べることも。そのときは乳脂肪分濃いめのものや世界的なブランド、ゴディバ。こってり系の高級アイスクリームです。コンビニで買える時代のありがたさ。二つの楽しみ方ができるのが、年を重ねた醍醐味です。

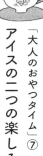

第6章

体を動かせば気分もスッキリ

エイジングと
上手に向き合う

年をとっても自立して生きるには筋力が必要です

50代も後半も後半、もうすぐ60歳、カンレキです。

体が少しずつ衰えてくるのは当然ですが、それでもなんとか最後まで、なるべく長いあいだ自立して暮らせる、そういう体作りができればと思っています。

特に50代に入ってから、父親の介護をしていたとき、筋肉の大事さを切実に感じました。結局、最後まで自立できるかどうかは、トイレに自分で行って用をたして出てこられるか、そのことが大きな分かれ目となります。

たとえ室内で車椅子で過ごすようになっても、車椅子でトイレまで行き、一瞬でも車椅子から体を浮かしてトイレの便座に移ることができれば、排泄の自立は可能です。

以前に対談したお金の専門家の方が、「年をとったら腿《もも》と歯が大事」と言っていました。腿はトイレに立てる筋肉だろうと解釈しています。

お金の専門家である人から、老後のためにいくら貯金するかにまさるほど大事と言われ、筋肉を鍛えなければという意識を持ったのです。

特に女性は閉経により、骨の強化を助ける女性ホルモンが少なくなるので、どうしても骨が衰え骨粗鬆症のリスクが上がる。骨そのものはもちろん鍛えたいけれども、骨をカバーしてくれる筋肉を鍛えることで、骨が弱くなるのを補えるという期待もあるのです。

骨折をきっかけに寝たきりになるというのは怖い。とっさのときに筋肉のバネで体をかわして、転倒による骨折を避けられれば……。そんなことも考えて筋肉に着目しました。

介護が始まる前からジムには入会していました。30代から会員になってはいたのに、ジムに行くのはどうかすると月に一回。もったいないからと退会。これではいけないと思い直してまた入会。入会退会を繰り返していたのです。

40歳でがんになったあと、直接がんを治すわけではないけれども、歩くことが免疫の活性化につながると聞いて、前よりはジムに通いマシーンで歩くようになりました。それでも月にやっと二、三回です。

介護が始まってからも、最初のうちは父親の好きな相撲や歌舞伎の番組の時間、テレビの前に座っていてもらい、私はジムへ抜け出して、小1時間運動してくるなどしていました。

でもだんだんと目が離せない状況になり、他方で筋肉の大事さをヒシヒシと感じる。そんな中でなんとか効率的に運動できないかと思い、出合ったのが加圧トレーニング。週一回30分の運動で効果が見えるという謳《うた》い文句に惹かれました。

加圧トレーニングというのは、専用のベルトを腕のつけ根や足のつけ根に巻いて筋トレをするものです。血流を抑制しながら運動することによって、成長ホルモンが通常の二百何十倍出るとか、医療現場でリハビリにも取り入れられていると聞きました。

専門の教育を受けたトレーナーがベルトを巻いてくれて、圧を測ったうえで、決まった時間の中で体を動かします。

そこでする運動は、本当にゆっくりとした動き。スクワットをしたり、ごく軽いダンベルを持って腕の曲げ伸ばしをしたり。全然きつそうに見えないのに、やってみると、息が上がる運動ではないけれどすごくつらい。

血圧を測るときベルトが腕をしめつけてしびれたようになりますが、あれに近い状態でダンベルを持ち上げると、小型のペットボトル一本ほどの重さしかなくても、腕がちぎれそうな感じです。

それでも週一回30分だけで、二の腕などあきらかに筋肉がついてきました。問題はパーソナルトレーニングなので料金が高めなこと。父親を介護している間は、せっぱ詰まっていたので週一回通いましたが、今は月二回にしています。

自分のための時間がなかなか取れない人にはお勧めです。

もしかして立ち姿がモロ高齢者？

この前、雑誌でストレッチの特集の取材がありました。驚いたのは、私は骨盤後傾のクセがあるとの指摘。骨盤の向きなどまったく意識していませんでしたが、この後ろに傾けるクセがさまざまな動きのストッパーになっていたらしいです。

私は小学校の頃から体がカタイと言われ続けてきました。立位体前屈が大の苦手。手が床に全然つきません。それが指摘を受け、骨盤を前傾ぎみにしただけで、らくらく手がついたのです！　もともとが後傾しているので、自分では「前傾ぎみ」のあたりが、実はニュートラルなのかもしれません。

ストレッチに、座って開脚の状態で前屈するものがありますが、前屈以前に脚が六〇度くらいしか開きませんでした。ヨガの基本であるあぐらもダメ。それらも骨盤を前傾ぎみにするだけで、できたのです。

体がカタイのは、関節の可動域とか筋肉の質とか、たぶんに先天的なものだろうと思っていました。まさか体の使い方のクセでこんなに違うとは。

それ以来、後傾にならないよう気をつけています。


仕事のときの事務椅子は、座面を前傾ぎみにできる機能があるのに、使ったことがありませんでしたが、今はその角度を基本にして。店や空いた電車で座るときも、前はつい浅く座って後ろに寄りかかっていたのを、深めに座り背面と座面からなる角にお尻の後ろをきっちりつけるように。

ストレッチの先生から言われて怖かったのは、年をとると誰でも骨盤が後傾してくるということ。

高齢者にありがちな立ち姿が、膝が曲がって、その上に後傾した骨盤がのっている状態。そのままだと後ろへ倒れてしまうから、前かがみになり背中が丸まる。放っておくと、その姿勢にあちこちの関節が固まってしまうそうです。

骨盤後傾は、歩き方にも影響するといいます。骨盤後傾が進むと、足を前にしか振り出しにくくなり歩幅が狭くなる。高齢者に多い歩き方です。そこへ関節の硬化が加わると、歩行が困難になるおそれもあると。そんな危険の入口にいたとは！

骨盤後傾を防ぐ簡単な方法として、先生に教わったのは、つま先を斜め内側へ向けて足をハの字にすること。「立つときに足をハの字にするクセをつけましょう」と言われました。

意外です。若い女性にありがちな内股で、あまりよくない姿勢と思っていました。聞いてみないとわからないものです。

関節が変形しないクセのうちに直すことが大事とのこと。できなかったポーズができるようになった！　とよろこんでいる場合ではなかった。ストレッチで筋肉をほぐすのと、後傾を防ぐ習慣とで、正しいポジションへ整えることをしています。

家でもできるストレッチポールとバランスクッション

加圧トレーニングの中で出合って、買ってしまったのがストレッチポールとバランスクッションです。

ストレッチポールというのは、皆さん多分どこかで見たことがあるでしょう。直径20センチぐらいで、長さは1メートルちょっとの円柱のもの。

自宅でときどき使っていますが、何がいいかというと、頑張らないでストレッチができること。

ストレッチポールの上に仰向けに寝て両手を広げるだけで、ストレッチポールの直径が高さになって、腕の重みに引っ張られて肩が下がります。努力しなくても、胸の筋が伸びるのです。

そのままの姿勢で頭をどちらかへずらせば重みで垂れて、反対側の肩や首の筋が伸びます。

ふだんどうしても肩が前にいきがちで、首はこる一方。パソコンの操作も家事も前かがみになって力が入るし、スマホをするにもずっと下を見ている。

人間関係で緊張感があると、いつの間にか首、肩、背中までバリバリに。一日の終わりにストレッチポールに仰向けになり、両腕を真横へ降ろして首をどちらかに傾けるだけで、伸びを感じて気持ちがいいです。

マッサージ器具代わりにもなります。ジムにもストレッチポールはあり、見ていると、たとえばふくらはぎをストレッチポールにのせて転がし、コリをほぐすのに役立てているようです。

バランスクッションは、その名のとおり大きめのクッションくらいのサイズの四角いマットで、素材にとても弾力があり、その上に立つとたいへん不安定。不安定なところに乗って立っているだけで、体幹が鍛えられるのです。

私がよくするのは、バランスクッションの上に1分間片足立ちをして、ぐらつくのをこらえるというもの。両足立ちより鍛えられます。60代になってもできるかどうか。できるよう頑張るつもりです。

この二つのよさは、コンパクトで手軽なこと。

健康器具はけっこう場所をとるものです。重たいし、音もする。集合住宅だったりすると、夜に使うのがためらわれそうです。するとなかなか出番がないままに。

この二つはそうした気づかいはないし、じゃまにならない。

運動習慣が身近になると思います。

若いときと同じような靴で長歩きしない

すぐに使わなくなってしまった健康器具に、ウエイトベルトがあります。重さが300グラムとか1キログラムとかあるベルトを足首に巻くので、歩くたびに鍛えられるかと思って買ったのですが、続きませんでした。

重みのあるものなので歩くとすれて痛い。着けたまま駅の階段などを上ると、ひと足ごとに後ろへ引っ張られる感じで、腰も痛くなりました。

常に負荷のかかった状態はやはり不自然。効き目があったという人もいて、一概には言えませんが、私には合わなかったようです。

よく、買い物をして重いレジ袋をさげて帰るとき、腕を曲げ伸ばしすれば二の腕が鍛えられるとかいう情報も、それで筋を痛めてしまったとか、買ってきた卵が割れてしまった！　とかいう話も聞きます。

都市に住んでいると、地下鉄の駅なんて乗り継ぎの際にかなりの距離を歩くし、まだまだ階段も多い。「スポーツジムに行く時間がないと嘆いているけれども、街中こそトレーニングの絶好のチャンス」とか言われても、私は少々疑問。環境としてはたしかにそうかもしれません。でも、そのときの自分の靴や着ているものなど、身につけているものが運動向きでないことも多く、安定性やクッション性のない靴で、鞄の重みが不均等にかかったまま、階段の上り下りに励むのもどうかなと。

運動のための時間をほんとうに取れないならやむを得ない面もありますが、「ながらトレーニング」はほどほどがいいように思います。

それというのも、こんな経験があるからです。

ふつうのブーツでわりと長く歩いた日がありました。運動のためという意識はありませんでしたが、用事で移動が多く、必然的に長歩きに。結果、足を傷めて整形外科に行くはめになりました。

右足にちょっとでも体重がかかると痛いので、右足をつかずにケンケンで。骨にヒビでも入ったかと思いましたが、お医者さんは驚きもせず「長歩きしませんでしたか？」。

足の裏の筋肉が炎症を起こしていました。足底筋膜炎《そくていきんまくえん》というそうです。「どんな靴を履いていましたか？」と聞かれ、普通のブーツと答えると、「それは駄目です」。

加齢とともに足の裏のアーチ形は崩れてきます。クッション性があり、土踏まずの部分がふくらんでアーチ形を支えるような靴ならいいけれど「普通の靴で長歩きしても足を痛めるだけです」。

歩くならウォーキングシューズやスポーツシューズなど、目的に適《かな》った足ごしらえが必要です。日頃から足に合った靴を履き、アーチ形の崩れをなるべく防ぐのも大事とのことでした。

気持ちよく歩けるコンフォートシューズと低反発インソール

50代後半の今、いわゆる普通のパンプスは一足も持っていません。パンプスのように見えるけれど、実はコンフォートシューズというものばかり履いています。冠婚葬祭のときもそうです。

パンプスは、かかとが独立していて、かかとと足の前のほうの二ケ所が地面につくようになっています。

一方、コンフォートシューズは、かかとのほうを少し高くしてあるけれど、地面につくところは平らで全面でつくようになっているので、体重を足裏全体で支えられるのです。その違いが、私にとっていちばん大きい。

前は長歩きすると足裏の指の付け根の部分が、真っ赤になってズキズキと痛んだのが、コンフォートシューズにしてからなくなりました。

コンフォートシューズは靴の中のつくりも、普通のパンプスと異なります。足の裏を支える面のクッション性が高かったり、土踏まずの部分にふくらみを設けてあったりして、足裏全体が靴の底からホールドされている感じ。体重がうまく分散できて、靴の中で足が前後せず、すれて痛むこともなし。

仕事で女性といっしょに移動するときがありますが、パンプスやハイヒールの人は歩きたがらない傾向を感じます。徒歩10分のところでも「タクシーに乗りましょう」。

自分もかつては靴トラブルを抱えていたので、足が痛いと歩くのがイヤになるのはよくわかります。が、早いうちからタクシー頼みになってしまうのは、健康面でも費用面でも心配です。

コンフォートシューズというと、かつてはおしゃれでないというイメージでした。かなりのご年配の婦人が履く、全体にぼってりした形でつま先も丸く、ひとことで言えばスマートでないものを想像するかと思うのですが、今は多様になっています。

私が愛用しているのは、つま先も全体もほっそり見えます。パッと見はパンプスですが、靴の通販サイトで「コンフォートシューズ」のカテゴリーのなかで探しました。価格はセールだと六〇〇〇円くらい。

そのサイトはセール品でも返品できます。セール品でなければ、返品の際の送料もかかりません。家で試し履きができるのです。私も気になる靴があったら五足くらいまとめて送ってもらって、いろいろな時間帯に試します。足は朝と夜とでサイズ感が変わります。

エナメルふうのもの、前の部分にベルトのような飾りのついたものなど、デザインもさまざま。「痛くないのはいいけれど、おしゃれをあきらめるのはイヤ」と思っている人には、ぜひ今のコンフォートシューズ事情を覗いてほしいです。

加えておすすめしたいのが、低反発素材のインソール。パンプスをコンフォートシューズにするだけで、履き心地は格段にアップしますが、さらにこれを足すと最強。靴の底と自分の足の裏との間が埋まって、より安定するし、クッション性も高まります。

足の裏の形は一人ひとり違うので、履き心地よく設計されている靴でも、靴の底のどこかにどうしても隙間ができます。低反発素材だとその人の形に合わせて変形するため、靴の中が「自分仕様」になるのです。

仕事の関係などさまざまな事情で、パンプスを履かないといけない女性もいますが、その場合も低反発素材のインソールを一枚入れると、全然違います。

これをすすめて、私は何人の女性に感謝されたことか!

駅などにある靴の修理店でもドラッグストアでも売っています。「低反発」とうたっていないものもありますが、パッケージの外側から指で押さえてみて、好みの反発力や厚みのものを選んでください。快適で、歩くのを本当にラクにしてくれます。

体を動かすことで自己評価を上げる

スポーツの効用は、体力がつくのはもちろんのこと、心に自信をつける気がします。何らかのトレーニングをしていることそのものが、ある意味での自信になるのです。

私の加圧ジムもそうで、そもそもの目的である介護予防にどれくらいの効果があったのかは未知数ですが、それ以前に自己評価を上げる効果を感じました。

以前の、スポーツジムの会員でありながら月一回くらいしか行けなかったときは、「運動不足で、お金ばかり無駄に引き落とされている私」という感じで、自己評価が低かったのです。

加圧ジムは現在は月にたった二回ですが、それでも「定期的に通っている、ヘルスコンシャスな私」みたいな気持ちになれます。自己満足ですが、それでも満足がないよりあるほうがいいです。

続けている運動が「自分はこれが好き」と言えるものなら、よりいいでしょう。同世代には、走ることに目覚めてマラソンをしているとか、ヨガでようやく自分に合う運動をみつけた、などという人がいて、素敵だなと憧れます。

私は好きというよりは、筋肉をつけるため我慢のジム通いでした。

そんな私もついに「好き」といえる運動を持っている人の仲間入りを果たしました！　二年ほど前に出合ったダンスです。

たまたまジムの館内放送で、これからなんとかのレッスンが始まりますと聞きました。そばにいた係の人に、館内放送で言っていたのは何かと聞くと、ズンバというダンス系のフィットネスだとのこと。「ダンスか……。向かなそう」と思いつつ、試しに出てみてハマりました。

ラテン系の音楽に乗って体を動かすもので、かっこよく踊りたい人はそのように、体をしっかり使ってフィットネス寄りにしたい人はそのようにと、自分で選べます。

一曲が3、4分。口頭での指示はなく、先生が踊るのに見よう見まねでついていく。60分のレッスンのあいだに十数曲行います。それだけですが、実際にするとすごく楽しい。音楽に合わせて体を動かすってこんなに気持ちがいいのかと初めて知りました。

エアロビクスのレッスンにも一度だけ出てみましたが、ステップが細かすぎて……。ズンバはステップは比較的単純ですが、脇腹などの大きな筋肉をはじめ全身の筋肉をけっこう使います。

私はサウナに入っても汗が出てくる前に息苦しくなり退散してしまい、汗をかきにくい人だと思っていました。髪の毛の先から汗の滴る自分に、50代にしてはじめて出合えたのです。

ズンバを始めてから、運動するときの肌の露出が増えました。まず半袖のTシャツをやめてタンクトップに。ジャージも暑いし裾がはためくのがじゃまで、薄手で丈が短めのカーゴパンツふうに。

やがてポケットとか紐とかもじゃまになりレギンスに。

それでもまだ暑く、タンクトップは背中のあきが深いのとかメッシュ入りに。

下に着けるのも、見えても大丈夫というスポーツブラに変えました。

レッスンでよく見かけるのは、ゴールドと黒のヒョウ柄とか、きらきら光るブルーシルバーとか、釣りに使うルアーのような色彩のレギンス。

どこに売っているんだろうと思っていたら、ズンバウェアの通販サイトがあって、そこに集結していました。

70歳くらいとおぼしきご婦人も、だんだん大胆になっているのが見ていても楽しいです。

「大人のおやつタイム」⑧

サイズがうれしい小玉スイカ

スイカは夏の定番おやつ。子供の頃は大きなひと玉を切り分けて家族でしょっちゅう食べていました。大人になって価格を見てビックリ。こんなに高いものだったのか。それとも高くなったのか。スイカ割りなどもったいなくてできません。

ひとり暮らしを始めて、カットしたスイカを買うと、汁がしみ出たり、カットしたへりがつぶれたりして、持ち帰りにくいもの。そのお悩みを解決したのが小玉スイカ。昔の小玉スイカは甘さがいまひとつの感がありましたが、今は大玉にひけをとりません。ひと玉を買って帰って冷蔵庫に入れられるし、切りたてが断然みずみずしい。皮が薄くてゴミが少ないのもグッド。何といっても緑に黒の縞々の夏らしい姿を、ひとりでも愛でられるのがうれしいです。

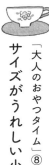

第7章

明るい気持ちで軽やかに過ごすために

老後の備えは完ペキを目指さない

老いへの不安がなくなることはあるの？

生きていると大なり小なり不安があります。

50歳になったときにつくづく感じたのは、「50代というのは数字のうえで40代とは違うインパクトがあるな」ということです。

40代だと、人生の半分、折り返し地点ぐらいに思えるけれど、50代では折り返し地点を過ぎているのは確実。

すると自分はあとどれぐらい生きられるのかとか、自分の意思でどこかに出かけたり、ものを書いて発信したりといった活動をできるのはあと何年だろうかとか。

「残り時間」を意識するようになりました。

そして、もうすぐ60代。

大きく漠然とした、老いや死への不安に加えて、もう少し具体的な不安があります。介護が必要になったらどうしよう、そのときにどこに住もうか、お金はどうしよう、などなど。

それらを中サイズの不安とすると、より小さな日常的な不安は、それはもう数え切れません。私はあの言葉をこういうつもりで言ったけど、あの人は違うふうにとったのかも。私はそうしたいけど、まだ決まっていないあの件はどうなったのか？　などなど。

それら大中小の不安とどうつき合っていくかが、課題です。

不安を解消する方法で「これぞ」と言えるものは、私はまだ見つけていません。今のところとっている対処法は、不安はあって当然と心得ること。それを第一歩としたうえで、不安の中身をなるべく具体的にしていくことです。

先ほど挙げた老いをめぐる大きな不安の中で、自分の家で生活できなくなるのではという不安が、私の場合多くを占めると気づきました。

体が不自由になっても補助してくれる家族はないし、施設に仮に入ったとしても長く暮らす資金はない。

なので、なるべく長く自分の家で生活できるよう、できることを考えました。足腰を鍛える、特にトイレの立ち座りに必要な筋肉を鍛える。

多少不自由になっても暮らせるよう自宅をリフォームする。

そんなふうに行動を起こしていきました。

不安はあるものと心得たうえで、漠然としている不安の中身をより具体的にとらえる。それを小さく分けていき、「この部分にはこういう対処法がある」というのを見つけて、行動に移していく。

その行動が果たして有効だったかは、将来、実際に体が不自由になったときでないとわかりません。

でも、動いてできることをすれば、とりあえず気持ちが落ち着きます。そのようにして、不安はありながらも心を整えて、なるべく平らにしていくのです。

行動に移したあとも不安は必ず残ります。全くなくなるわけではありません。

けれども、そこからはもう、不安にばかり意識を向けない。

趣味でも何でもいい、夢中になれることをみつけると、不安にとらわれずにいる状態を作り出せます。

気をまぎらわせる、というのとは違います。

趣味や夢中になるものがあることは、心身を活発にします。

「自分はまだまだ」という謙虚な姿勢を持ち続ける、変わることをおそれないなど、広い意味での「老いへの基礎体力」を育みます。

その場限りの人づき合いやネットで時間をつぶすのとは異なり、次のステージに行ける力になると思います。

将来への備えとお金の使い方

私は決まった収入や退職金はありません。定年もありませんが、一般に現役引退に向かっていく60代が近づくと、働けるのはいつまで？　次第に仕事も減るかもしれない……。一方で、心や体を整えるうえで、今の自分にとって必要経費となっているものがあります。それを払っていけるのか？

不安に思わないといえばうそになります。

50歳からはじめたのが加圧トレーニングだと先ほど書きました。ひと月に通う回数によってコースがあり、月2コマから4コマ8コマから選べます。はじめたときは4コマコースにしました。一回が六〇〇〇円＋消費税なので4コマだと税抜きでも月々二万四〇〇〇円です。

当時は介護のただ中で、ジムに行く時間がとれなくなっていました。加圧トレーニングにひかれたのは、週一回30分で週三回ジムに行くのと同等かそれ以上の効果が得られると聞いたからです。週一回30分なら、今ならなんとか作り出せるかも。

葛藤はありました。私は将来、国民年金で生活をまかなう身。月々の受給額は七万円ぐらいでしょう。今後の自分にとって、ひと月二万四〇〇〇円はとても大きい額。使わずに貯金して将来に備えておくほうがいいのでは？

かなり迷いました。

他方、介護では親の体重を支える場面が多々あって、筋力の必要を切実に感じていました。将来介護を受けないでなるべく自立して暮らしていくうえでも、筋力をつけておくのはとても大事。

加圧トレーニングは筋力を効率的に鍛えられるものといいます。高いようだけど、現在の必要に加え「将来への投資」にもなると考え、４コマコースに踏み切ったのです。

50代からのお金の使い方には、常にそういう悩みがつきまとうように思います。働いている人は定年が近づくし、その後の年金生活についても40代より現実的になってきます。

そんな中「貯金ばかりが将来への備えではないかも」という思いで決断し、介護の間は月4コマで続けていました。

趣味の俳句も、これはそんなにお金のかかるものではありませんが、広い意味でやはり老後の支えになりそうです。将来を見据えつつ、ときに視野を広くとって「備え」を考えるようにしています。

お金を使うことへの迷いもありながら実行したものには、自宅のリフォームもあります。そのときは散々迷いに迷って決断しました。

50代のうちにして正解だったと60代を目前にして感じています。とても大きな出費なので、小心な私はたぶん、年を重ねて仕事を少しずつペースダウンしてからだと、怖くて貯金を取り崩せないようになるでしょう。

家の中の寒さの改善がいちばんの目的でしたが、家にいる間も活動的になるという思いがけない効果がありました。

「いちばんの備えは健康」とよく言われますが、自宅リフォームが健康寿命を延ばすほうにはたらいていると思っています。

お金については、考えすぎると、たぶんいくら持っていても不安だろうと想像します。自分のことばかりにお金を使っていると満足できないし、節約し貯めてみてもなんとなく落ち着きません。

私の実感ですが、ほんの少しでも自分以外の人のために使うと、ほっとするものがあります。家族ではなく、ふだん自分の目に入ってきにくい人です。赤十字やユニセフ、国連UNHCR（アンカー）などへの寄付は、わかりやすい例です。

親の介護は想定外のことが起きるもの

50代後半になると親の介護も、経験ずみの人、まっただ中の人、これからどうなるのかと不安な人、いろいろでしょう。

介護とひと口に言っても状況は千差万別。親の衰え方にしても、たとえば体は動けるが認知のほうがあやうい。頭はしっかりしているが、歩くのが大変とか、寝たきりとかさまざまです。

介護に使えるお金、人的資源、どれくらいの期間続くのかなども、違います。「自分はこうだったからこうしたらいいですよ」などとは、介護の経験があっても、いいえ、あるからこそ余計、軽々しく語れません。

伝えられることがあるとしたら、介護保険を使ってケアマネージャーさんからできるだけ情報を得て、介護機器を取り入れたり、デイサービスなどを利用したりと、借りられる力はなるべく借りるようにしたほうがいいということです。必要な助けを借りるには、自分たちの状況や希望を話すことからはじめるほかありません。

「身内の事情をあからさまに言うなんて恥ずかしい」とかのためらいは、この際捨てて、心を開いて話す以外に必要な助けにたどり着けない気がします。

同世代の知人は親の介護の迫っているのを、今まさに感じているそうです。親は離れて住んでいますが、鍋を火にかけているのを忘れて焦がした、出かけた先で迷子になり勤務中の自分のところへ電話が来た、ということが起こりはじめているそう。

「何がどうなっていくのか全然わからないけれど、これからは想定外のことが起きてくるだろうと想定している」と言っていました。

名言です。介護とはこういうものだろうと想定して計画を立てても、想定外のことが次々起こる。現状の後追いで対処法を探していく。

そのくらいでいないといけない。すなわち、はじめから「これで万全」の態勢を整えたつもりでいると、それで対処できなかったとき、ガッカリ感が大きくなります。

親の介護をしながら、あるいは気にしながら、自分の介護も気になるのが50代からでしょう。私も親の介護をしている中で、将来の自分に重ね「ああ、年をとるとこういうことがたいへんになるんだな」と学んだことがたくさんありました。

繰り返しになりますが、自分の足でトイレに座れるというのは、ほんとうに大きい。トイレに「座れる」、という表現は妙なようですが、たとえトイレに「行く」までは車椅子でもいいのです。手すりにつかまりながらでも、中腰でもいいから自分の足で立ち、便座に移れることが大きいのです。

排泄ケアに関連し、リアルな問題として「介護脱毛」が話題になっています。将来介護を受ける立場になったときに備えて、デリケートゾーンの脱毛をしておくものです。

排泄ではデリケートゾーンの毛に汚れが残りやすく、ケアする側に負担をかけるし、ケアされる側も皮膚トラブルや細菌の繁殖につながると。それを未然に防ぐため、あらかじめ脱毛する人が増えていると聞きます。

私の目にしたニュースや記事では、脱毛を希望するのは、介護を経験した女性が多いとのこと。うなずけます。介護で起きることを具体的にイメージできるようになり、介護を受ける立場になったときのため「今からできる備えは何だろう」と考える時期なのでしょう。

介護を受けるときに向けての脱毛に関心を寄せつつ、介護をなるべく受けずにいられるよう鍛えるという、二方向にあるのが今の私です。

ネットから離れて「独り」の時間を持つ

学生時代や会社勤めの頃から、ひとりになる時間を守りたいという気持ちがありました。友人からの誘いもあるし、当時はメールがなかった代わり、電話をかけてきて悩みを話されることも多かったのです。それに全部つき合っていたら、ひとりの時間がなくなってしまう。

若いから進路や仕事、恋愛などの悩みは、私にもありました。でも遊んでその場は忘れたり、人に聞いてもらって終わりにしたりしていたら、同じことの繰り返し。

会社でイヤな思いをして、それを夜誰かに話して、そのときはちょっと気が晴れても、次の日また会社に行けば何も変わっていない。

胸の内を言いたいところを、そうしないで、ひとりでそのことと静かに向き合うと、掘り下げて考えられることがありました。

同じ部署の人があまり働かなくて、その人のぶんの仕事までさせられることにイライラするけれど、その人がイヤなのではなくて、その会社にいる自分に疑問を感じているのでは……とか。

たとえおひとりさまでも、ひとりの時間、自分との対話の時間を持つ。一日5分でもいいから、そうする時間を持つことで、自分の抱えているものが、より正確につかめてくるように思います。


通信が発達し、つながっているのが当たり前のような時代ですが、つながりを断ってみると、ほっとすることもあるのではないでしょうか。

出張で行った先が、電波の届かないところで、はじめは「メールが溜まっているかもしれない」と焦りましたが、その晩はとてもよく眠れました。

メールの通じる環境だと、つい気になってしばしばチェックするし、何か来ていれば返信しないといけないと思い、寝る直前まで液晶画面をいじっているようなことになりがちです。

起きたときに感じたのは「なければないで、すむものだな」。短い間だから言えることではありますが。つながりの中に常にいなければ、というのは、過ぎた不安に思います。ときどきはネットを断って、「独り」の時間を取り戻したいです。

紙の新聞を読む

わりと最近までは、多くの家で、朝になると新聞受けに届いた新聞を読むのが、一日の始まりの風景だったかと思います。私もそういう中で育ってきたので、大人になり親元を離れてからも、新聞を購読していました。

50代半ば、新聞をとらない期間がありました。自宅のリフォーム工事のため、別のところに引っ越して仮住まいしていた三ケ月間です。

週に一度、束ねて古紙回収の場所まで運んでいく手間がなく「なんてラクなんだろう」と思う一方で、生活のリズムが何かつかみづらいというか、調子が出ない。

自分には、朝来た新聞を読むことが心身のめざめや、頭のウォームアップにもなっていることを感じました。

紙の新聞のいいところは、自分の興味とは関係なく配置されていることです。飛ばし読みであっても、見出しぐらいは目に入るので「世の中では今、こんなことが起きているのか」「こんなことが問題になっているのか」とわかります。

ニュースは、デジタルでも読むことができます。パソコンなりスマホなりでネットのトップページを開くと、その日のニュースが並んでいます。

けれどもあれは、いろいろなジャンルからまんべんなく集めてあるようでいて、読む人がどういうニュースをクリックするかパソコンやスマホが覚えて、その人に合ったものを表示すると知りました。

おおげさに言えば、自分の興味、たまたまクリックしただけかもしれないのに、それに合わせて作り変えられた世界像。それを世界の姿だと思ってしまうのは、空恐ろしい気がします。

特に年を重ねるにつれて、社会との接点が少なくなります。自分の生きている今、起きていることを知るのが、社会とのつながりを保つうえで大事で、新聞はそれが労せずしてできるツールのように思います。

怖いのはネットで目にする情報が、自分用に並べられていることを知らないまま、それに接し続けることです。

たとえば、ある国でたまたま自分が好ましく思わない出来事があったときに、興味を持って調べたら端末が覚えて、その国が困ったことをしているニュースをたくさん出してくる。

クリックを繰り返していると、最初はたまたま感じたことでも、苦手意識を強める方向の情報ばかり入ってくるようになります。偏見の増幅です。

紙の新聞では、自分にどんな出来事があったかに関係なく、その国の別のニュースがあれば載るので、自分の抱いた印象が是正されることがあるかもしれないし、全体像をつかむことができるかもしれない。

もちろん新聞にも発行者、すなわち情報の送り手によって取り上げ方は異なり、必ずしも「まんべんなく」はありませんが、少なくとも情報の受け手によって編集されることはなく、ネットで自分用にカスタマイズされた世界とは違う様相が見られます。

そういった社会の認識の仕方の健全さを保つためにも、そして自分の一日の健全なリズムのためにも、私にとってちょうどいいのが紙の新聞です。

書くと心が落ち着きます①
ラストプランニングノート

終活という言葉がよく聞かれ、エンディングノートをつけることも話題です。

私が使っているのは、「ラストプランニングノート」という名前のノート。エンディングという言葉が私はまだ気軽に受け入れられなくて、このネーミングに惹かれました。

今は「ら・し・さノート」と名称が変わっています。「自分らしさ」の「らしさ」。ラストプランニングより、さらに親しみやすそうです。

気になりながら実際につけたのは50歳を過ぎてから。いちばん必要性を感じたのは銀行の口座です。どこに口座を持っているか、わかるようにしておきたい。

年金や生命保険も何に入っているか、通院先や既往歴なども書き出しました。

エンディングノートが話題になりながら、周囲に聞くとつけている人が意外と少ないのは、大きく二つの理由からではと思います。

一つは、日本人にありがちな「縁起でもない」というためらい。最期に向けてあんまり早々と準備しておくと、ほんとうに最期が早くきてしまうのではないかという怖さ。

もう一つは怖さとは別の「億劫」さ。自分史を生い立ちから、いや家系図までさかのぼって書かないといけないのかとか、家族へのメッセージも残すのかとか、そういう振り返りとか、改めて向き合うことが、気持ち的に重いなと。

一つ目の「縁起でもない」というためらいは、私も実感があります。銀行口座をわかるようにしておかなければと思ったのは、がんの手術で入院するときでした。

これから病気の治療を受けようというときに、死ぬことを想定するのはたいへんな抵抗感を伴います。結局書きませんでした。

必要を感じるときは抵抗もあるときかと思うので、必要を感じないうちが「書きどき」です。

私の場合は治療後も病気の再発する可能性が少なくなかったので、「書かなければ」「でも書きたくない」という葛藤が10年くらい続きました。

10年を経て50歳過ぎに書いてみたら「こんなことで、なんで迷っていたんだろう」と拍子抜けするくらいすっきりし、身軽になって人生の次のタームへ進んでいける気がしました。

迷っている人には「書いてしまえば、何てことないです」と伝えたい。

二つ目の理由として挙げた「億劫」に感じる人へのアドバイスはとても単純です。なるべく薄いノートを選ぶこと。厚いものしかなかったら、気になるところだけ埋めればいい。

でも不思議なもので、「気になるところはすんだ。はい、終わり!」のつもりでも、空欄のところをだんだん埋めたくなってきます。

家系図なんてまったく関心なかったのに、父親が亡くなると、「自分の両親の名前や、何年生まれで、何歳まで生きたかくらいは書いておこうか……」

「父親の母親は、名前しか知らないけど、今のうち書いておかないと、わからなくなるな」

とか気持ちが変化してきたのでした。

気になっているなら、まずは一冊、手元に置いてみることをおすすめします。

書くと心が落ち着きます②
いざというときの意思表示

前述のラストプランニングノートは、家に置くものとして、それとは別に出先で何かがあったとき、自分はどうしたいかがわかるようにしておかないと、と思いました。

知人が救急車で運ばれて、幸い助かったのですが、そのときの実感として「家にこういうノートがありますから見てくださいなんて、とても言える状況じゃなかった」と。ノートを作ったから安心、というわけではないようです。

どういうふうに意思表示すればいいのか？

新聞で評論家の樋口恵子さんの記事を読んで、参考になりました。

高齢の樋口さんは、もしものときの希望を名刺に書いて、健康保険証といっしょに持ち歩いているそうです。救急隊員なり、担ぎ込まれた病院の人なりは、健康保険証を探すだろうからと。

樋口さんが書いた内容は「回復不可能、意識不明の場合、苦痛除去のため以外の延命治療は辞退いたします」。延命治療を「拒否」するではなく「辞退」としたところが、とてもいいなと思いました。

命を助けようとするのは医療者の使命です。それを尊びながらも「私はしていただかなくて結構です」と伝えるには「辞退」のほうが合っています。

真似して、名刺に書き、署名、捺印、日付も記し、健康保険証と重ねて財布に常に入れています。もしものとき実際に見てもらえるかどうかわかりませんが、「書いた」ことですっきりするという効果はありました。紙の健康保険証の廃止後は、マイナンバーカードとともに携行します。

その点はラストプランニングノートと同じです。名刺のない方は、消えない筆記用具で紙に書いて携行するのがいいかと思います。

「大人のおやつタイム」⑨

どら焼きのやさしい甘さ

どら焼きも年を経てから好きになったおやつです。おはぎで書いたように子供のうちは、わかりやすいおやつが好き。どら焼きはカステラのようでいて、あんが入って、洋か和かどっちつかず。そして若者時代は洋のおやつにひかれます。

食べてみようかと思うきっかけは、五輪のカーリングの試合のおやつタイム、ではなかった、休憩タイムに選手が食べているのを見て「どら焼きって、そんなに疲れに効くのか」。

試しに買って、なるほど！　生地はカステラほど重くなく、あんはすんなりと甘さが身にしみて。消化にあまり力を使わず、エネルギーを補給できる感じ。

油脂が控えめなのがいいのでしょう。和っぽいところが今の私に丁度いい。

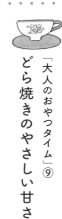

「大人のおやつタイム」⑩
癒やされチーズケーキ

たまに楽しむアイスクリーム、それ以上にこってりなのがチーズケーキです。レアでなくベイクドチーズケーキが好き。買うのは最寄り駅に着いてから。駅構内によい品を揃えたスーパーが入っています。改札へ進む前に足はそちらへ。

油脂に胃もたれしやすい私ですが「今日はイケる」と確信するのは、会合に出たり、人と長時間いたりした日がほとんど。けっして嫌な相手でないのに、対面の状況に私はエネルギーを使うみたいです。

若いときほど動き回らなくても疲れている。脳は多くのエネルギーを要するというし、大人の疲れはたぶん気の張りから。ときに許す心のおやつ。体の負担を考えながら甘いものをとり、疲れを癒やして日々を送っていきたいです。

文庫版のためのおわりに

「今ある自分」に感謝する

この本を文庫版にする作業をしているあいだ、もうすぐ60歳の頃の気持ちがありありとよみがえってきました。

今の私は63歳になりました。

60代に入って、相変わらず老後の不安は大きいですが、一方でこんなことも、ときどき思います。

「今、自分がここにいることって、そうそう当たり前のことではないのだな」

少なくとも50代まで死なずに生きてきたのです。

40歳でがんになりましたが、同じ病気というつながりで知り合って亡くなった人もかなりいます。そのときの同世代だから、今の私の年齢に達する前に世を去っている。それを思うと、今ここにいることの「有り難さ」を感じます。

私の努力で得たのではなく、幸いにも賜《たまわ》ったとしか思えない。老いは不安と完全に等記号で結ばれるものではなく、不安もあるけど一方で自分らしさと深くつき合える「恵みの時間」でもあると感じます。

私もどうかすると不安にとらわれ、そうすると自分が不遇であるような気持ちになることもあります。そんなときは我に返って「ここまで生きてこられただけでも、なかなかないことなんだ」と気づけるようでありたい。

自分の経験したのががんだったことから、がんの人の心のケアや就労支援について発信する手伝いをしてきましたが、広い世界のニュースを見ると、胸の内は複雑です。

同じ時代に生まれながら、必要としているものがかくも異なるのか。まったく違う環境に生きている人のことが、妙に心にふれてくるようになりました。

若いときは自分のことで、介護のあいだは家族のことでいっぱいいっぱいだったのが、その時期を過ぎてからの変化です。

けれども、基本はそう思いながらも、恥ずかしながら感謝を忘れることはしょっちゅう。

時間貧乏なところがあるので、ＡＴＭに人が並んでいると「えっ」と思う。列が全然進まないと「先頭の人、何をしているんだろう。もしかして操作は終わったのに、ＡＴＭの前に陣取って、通帳でも眺めているんじゃないかしら」と確かめにいきたくなるくらい。

常に感謝の気持ちでいましょうなんて、とても言えたものではありません。感謝の気持ちを忘れないのが望ましいけど、ときどき忘れるのはしょうがないというか、日常生活において自然なこととも思う。忘れて、思い出して反省し、改めてはまた忘れ……そういうことを私は繰り返していきそうです。

注意しなければと思うのは、人に対して「他罰的」になること。ＡＴＭの例が示すように、私は外にいるとき、人の行動に気をとられるところがあります。

自分の基準からして「周りへの配慮がない」と感じられる行動に、ついつい意識が向いてしまうのです。

たまたま見たこんなシーンは、自分のそういう面を反省させるものでした。

大きなマンションの玄関口に、宅配便のトラックが停めてありました。玄関から出てきた住人とおぼしき60代くらいの女性が、

「ちょっと、玄関前に停めるなんて非常識ね！」

と上から目線でトラックを移動させました。「業者は人が通りやすいよう開けておくべき」というのが、その人の常識なのでしょう。

60代は、人生経験を積み、自分なりの基準ができている。と同時に、まだ体は動くから「人に支えられている自分」という実感を持ちにくい世代です。

そういう条件が重なって、人に厳しくなりやすいかも。

自分がそうならないように注意しなければと思うこの頃です。

二〇二五年　初春

岸本葉子

本書は『50代からの疲れをためない小さな習慣』（佼成出版社刊／2020年1月）を文庫化したものです。文庫化にあたり、加筆修正をし、書き下ろしを加えて改題・再編集致しました。

〈本書のための書き下ろし〉
第4章／塩とオリーブオイルでグリーンの野菜をたっぷりと
第4章／根菜類は、蒸せばひとりでも気軽にとれる
「大人のおやつタイム」①〜⑩

本文デザイン：こやまたかこ
本文イラスト：祖父江ヒロコ
校正：あかえんぴつ
企画・編集：矢島祥子（矢島ブックオフィス）

岸本葉子（きしもと・ようこ）

1961年神奈川県鎌倉市生まれ。東京大学教養学部卒業。生命保険会社勤務を経て文筆活動へ。

日々の暮らしかたや年齢の重ねかたなどのエッセイの執筆、新聞・雑誌や講演など精力的に活動し、同世代の女性を中心に支持を得ている。

主な著書『ちょっと早めの老い仕度』『俳句、はじめました』（角川文庫）、『50歳になるって、あんがい、楽しい。』『50代の暮らしって、こんなふう。』『ひとり上手』『ひとり老後、賢く楽しむ』（だいわ文庫）、『60代、不安はあるけど、今が好き』（中央公論新社）、『わたしの心を強くする「ひとり時間」のつくり方』（佼成出版社）、『岸本葉子の暮らしの要』（三笠書房）他多数。

岸本葉子公式サイト
https://kishimotoyoko.jp/

だいわ文庫

おひとりさま、もうすぐ60歳《さい》。

著者　岸本葉子《きしもとようこ》

二〇二五年二月一五日第一刷発行

発行者　佐藤 靖

発行所　大和《だいわ》書房
東京都文京区関口一-三三-四　〒一一二-〇〇一四
電話　〇三-三二〇三-四五一一

フォーマットデザイン　鈴木成一デザイン室

本文印刷　厚徳社

カバー印刷　山一印刷

製本　ナショナル製本

ISBN978-4-479-32118-7

乱丁本・落丁本はお取り替えいたします。

https://www.daiwashobo.co.jp